Niki Smit

100% Coco

Mein geheimer Fashion-Blog

Niki Smit

Inspiriert von Biene Maja trug *Niki Smit* an ihrem ersten Schultag eine schwarz-gelb gestreifte Hose, ein ebenfalls schwarz-gelb gestreiftes Poloshirt und lila Turnschuhe. Und genau wie Coco wurde sie zunächst für ihr gewagtes Outfit ausgelacht. Doch Nikis Begeisterung für Mode wurde nur noch größer – später arbeitete sie selbst als Redakteurin für einen Modeblog. Ihre »100%«-Serie ist in den Niederlanden ein absoluter Bestseller. Zurzeit lebt Niki Smit mit ihrem Hund Flip in Amsterdam.

Niki Smit

100% Coco

Mein geheimer Fashion-Blog

Aus dem Niederländischen
von Verena Kiefer

Ravensburger Buchverlag

Als Ravensburger Taschenbuch
Band 52588
erschienen 2018

Papier aus verantwortungsvollen Quellen
FSC® C114500

1 2 3 4 5 E D C B A

Deutsche Erstausgabe

Die niederländische Originalausgabe erschien 2014
unter dem Titel »100% Coco. Dagboek van een modeblogger«
First published by Uitgeverij de Fontein, The Netherlands in 2014

Umschlag: © Dutch Filmworks, 2017
Innenillustrationen: Niki Smit
Lektorat: Tamara Reisinger

Printed in Germany

ISBN 978-3-473-52588-1

www.ravensburger.de

Don’t be boring!
Diana Vreeland

Die neue Schule

Wenn du mein Tagebuch liest, bin ich wahrscheinlich schon 80 und wohne in einem Haus mit 90 begehbaren Wandschränken an der Seine in Paris. So ein Buch erscheint meist erst, wenn man entweder sehr alt oder bereits tot ist. Mein Buch könnte auch zum 200-jährigen Jubiläum der *Vogue* präsentiert werden, deren Chefredakteurin ich dann natürlich war. Wer weiß, vielleicht bin ich ja diesen Monat *front row* bei der Show von Prada in Mailand tot umgefallen und jetzt weltweit in den Nachrichten. Jede Menge Modemenschen flanieren um mein Haus, Designer schluchzen an meinem Sarg, die ganze Welt streitet sich um mein Erbe (sprich: 75 Chanel-Jäckchen), und meine gesamte Kleidung wird ein halbes Jahr lang in meinem Lieblingsmuseum in Paris ausgestellt, im Musée des Arts décoratifs. Die Jünger von Marc Jacobs und Karl Lagerfeld wetteifern um Eintrittskarten. *RTL Boulevard* widmet meinem Leben sogar eine ganze Sendung. Darin zeigen sie, wie ich als Mädchen meinen eigenen Modeblog begann und dadurch allmählich zur neuen Kate Moss wurde.

Aber jetzt muss ich mir erst einmal dringend überlegen, was ich anziehe, denn morgen ist mein erster Tag in der neuen Schule!

»Lippen spitzen, Brust raus«, würde die Mutter der plastischen Chirurgie sagen. Und so ist es. Nichts ist sicher am ersten Schultag, außer dass man Kleidung trägt.

Sonntag, 25. August

19:00 In meinem Zimmer

»Don't be boring!«, sagte Diana Vreeland. In den Sechzigerjahren war Diana eine Mode-Ikone und Chefredakteurin der britischen *Vogue*. Hätte ich nur so ein Leben wie Diana! Sie wurde in Paris geboren und wohnte später auch in London und New York. Die DVD über ihr Leben, *The Eye Has to Travel,* habe ich mir bestimmt achtzigmal angeschaut. Mein Outfit für den ersten Schultag wird also alles andere als langweilig. Während der Dokumentation sieht man in der *Vogue* ein Augenpaar mit zwei verschiedenfarbigen Lidschatten. Links grün und rechts rosa, die perfekten Lider für meinen ersten Tag. Aber was ziehe ich an?

– Haremshose aus violettem Samt, All Stars mit Leopardenmuster, Jeanshemd und ein selbst gemachtes Haarband (Maison Michel *lookalike* aus schwarzer Spitze und weißen Perlchen).

Oder:

– Gelbes Cocktailkleid vom Flohmarkt am Waterlooplein,

oversized Leopardenweste, Paillettengürtel, und türkisfarbene Pseudo-Ray-Ban. Aber welche Schuhe?

Oder:

– Selbst genähte Chanel-Weste (schwarze Weste von HEMA mit meergrünen Biesen aus dem Nähladen und Knöpfen vom Schlafanzug meines Vaters). Lachsfarbenes Ballett-Tutu. Blaue Fußballsocken von meinem Vater. Perlenkette von Bart Smits Spielzeugladen. Ballerinas.

20:30 Im Bett

Aaaaargggh.

Lass morgen nicht morgen sein.

Lass morgen nicht morgen sein.

Lass morgen nicht morgen sein.

Lass mich morgen früh bitte in einem Strandkorb an einem mexikanischen Surfstrand aufwachen. Mit einer Kokosnuss in der Hand. Und einem Schälchen Tortillachips mit Guacamoledip. In einem *tie-dye*-Bikini und einem Blumenkranz im Haar.

21:10

Was um Himmels willen soll ich machen, wenn ich morgen früh auf den Schulhof komme? Ich kenne doch noch niemanden. Am Freitag habe ich ganz kurz mit einem Mädchen gesprochen, als ich meine Bücher abgeholt habe, aber die geht in eine andere Klasse. Ich habe keine Ahnung, wer bei wem in der Klasse ist. Soll ich einfach auf jemanden zugehen? Oder soll ich mich lieber allein irgendwo hinstellen?

21:20

Die anderen aus meiner neuen Klasse kennen sich bestimmt schon alle. Vor den Sommerferien gab es ein Vorabtreffen, aber das habe ich verpasst. An dem Tag war nämlich auch der Abschiedsausflug mit meiner alten Klasse. Und den wollte ich auf keinen Fall verpassen. *No way!*

Blöd.

Blöd.

Blöd.

Jetzt haben alle schon Freundschaften geschlossen und ich bleibe das ganze Jahr allein.

21:40

Auf jeden Fall gehe ich ganz oft zur Toilette. Dann habe ich wenigstens was zu tun.

21:55 Im Bett

Mein Vater hat mir gerade aus London eine Nachricht geschickt; er wünscht mir für morgen viel Glück.

Das ist lieb. Heute früh haben wir auch schon eine Dreiviertelstunde geskypt. Ich lief vor dem Laptop durch mein Zimmer, als wäre es der Schulhof. Mein Vater rief immer nur ganz laut »Applaus!«. Er meinte, ich sei die beste neue Schülerin auf der ganzen Welt und ich würde mich auf dem Schulhof absolut fantastisch machen. Aber nun ja, er ist mein Vater.

Meine Eltern haben sich vor zwanzig Jahren in einer Snackbar in Amsterdam kennengelernt. Normalerweise tut sich mein Vater sehr schwer mit der Liebe, aber zum Glück hat er sich Hals über Kopf in meine Mutter verliebt. Und genau in dieser Snackbar gaben sie sich ihren ersten Kuss – direkt neben dem Flipperautomaten. Am besagten Abend gab es auf einem ehemaligen Fabrikgelände ein Fest und meine Mutter war als Playboy-Häschen verkleidet ... mit Netzstrümpfen, einer Shorts aus rosa Frottee und einem Stummelschwanz aus Kunstpelz. Durch die ganze Tanzerei hatten Mama und ihre Freundin Hunger bekommen. Daher sind sie dann auch was essen gegangen. Tja, und am Flipperautomat standen zwei Jungs – einer davon war natürlich mein Vater. Und weil meine Mutter als Häschen verkleidet war, durfte sie auch gleich eine Runde mitflippern. Frag mich nicht warum, aber schon nach der zweiten Runde knutschte sie mit Papa. Meine Mutter fand den Kuss nicht gerade umwerfend, aber danach gab sie sich meinem Vater gegenüber ganz lässig und flipperte weiter, als wäre nichts passiert. In zehn Runden machte ihn das Häschen komplett fertig. Dann bestellte sie sich ein Käsesoufflé-Brötchen und flirtete volle Kanne mit dem Frittenbrutzler. Und kicherte total übertrieben über den Hauspapagei Coco, der »Krokette, Krokette« sagen konnte. Dieses Kichern wiederum fand mein Vater total süß. Und ab diesem Moment konnte er nur noch an das Häschen denken. Wie ein Irrer fing er an, hinter meiner Mutter herzulaufen.

Ein Jahr später war meine Mutter schließlich fertig mit ihrem Jurastudium. Ihren Abschluss feierte sie ziemlich ausgelassen in einer Karaokebar. Mein Vater war zu dem Examensfest zwar nicht eingeladen, er beschloss aber, trotzdem hinzugehen. Um halb zwei nachts kam er dann mit einem großen schwarzen Plüschhäschen und einem Käsesoufflé-Brötchen als Geschenk. Genau in diesem Moment stand meine Mutter auf der Theke und sang lauthals »Who Do You Think You Are?« von den Spice Girls (einer Mädchengruppe aus den Neunzigern mit Plateausohlen, viel Haarlack und Victoria Beckham). Als sie das Plüschhäschen sah, war sie so gerührt, dass sie meinen Vater küsste. Ihr damaliger Freund war davon natürlich gar nicht begeistert und machte mitten in der Kneipe mit ihr Schluss.

Gegen fünf Uhr morgens wankte meine Mutter schließlich aus der Karaokebar. Sie trug sehr hohe Absätze und draußen lag eine dicke Schneedecke. Radfahren ging also nicht und laufen war auch ziemlich mühsam. Da tauchte mein Vater auf, warf sich meine Mutter über die Schulter und trug sie *superhero-like* nach Hause. Auf den Stufen zum Studentenwohnheim machte er ihr einen Heiratsantrag und sie sagte sofort Ja. Dann knutschten sie wieder. Aber am nächsten Morgen stand wieder der Exfreund meiner Mutter vor der Tür. Und nach zwei Kaffee und einer Tüte Paprikachips waren sie wieder zusammen, meine Mutter und dieser Freund. Armer Papa.

Vier Jahre später ging mein Vater, verkleidet als Bob der Baumeister, zu einem Fest. Danach hatte mein Vater die glorreiche Idee, zusammen mit seinen Freunden Garfield, Donald Duck und Bart Simpson den Königlichen Palast auf dem Dam anzupinkeln. Dabei wurden sie fotografiert und bereits am nächsten Tag prangte das Foto auf der Titelseite der Tageszeitung *Telegraaf*. Zufällig saß meine Mutter an diesem Morgen beim Friseur und las die Zeitung. Und da passierte es. Meine Mutter hielt meinen Vater plötzlich für den tollsten Bob der Baumeister auf Erden. Sofort besorgte sie sich Papas Telefonnummer und bot an, seine Verteidigung zu übernehmen. Die Anklage lautete auf Wildpinkeln, Störung der öffentlichen Ordnung und Beleidigung des Königshauses – oder so ähnlich. Sein Fall hatte natürlich keine Chancen, aber das wusste sie.

Es dauerte jedoch nicht lange, und die beiden saßen wieder gemeinsam in der Snackbar. Der Papagei rief immer noch »Krokette, Krokette!«. Papa bestellte zwei Käsesoufflé-Brötchen und eine Flasche Kakao mit zwei Trinkhalmen. Während der Papagei immer noch »Krokette, Krokette!« rief, spielten sie jede Menge Flipper.

Dieses Mal küsste mein Vater wie ein junger Gott. Und neun Monate später wurde ich geboren … Ich bekam den Namen Coco, wie der Hauspapagei der Snackbar.

22:15

Meinem Vater eine Nachricht zurückgeschickt. Ich habe einfach gesagt, ich freue mich riesig auf meinen ersten Schultag, sonst macht er sich nur wieder zu viele Sorgen.

22:25

Viel zu hellwach zum Schlafen. Mein Magen ist ein einziges Nervenknäuel.

Entspann dich, entspann dich, entspann dich.

Ich weiß immer noch nicht, was ich morgen anziehen soll!

22:35

Oh ja, das mit meinen Eltern klang total romantisch, nicht? Aber sie haben sich trotzdem scheiden lassen, als ich sechs war. Mein Vater macht WC-Brillen – kein Scherz – für sehr schicke Leute, Boote und Hotels. Sie sind aus Holz und manche haben sogar BLATTGOLD. Er wohnt jetzt in England, reist aber meistens nach Hongkong, Dubai, Saint-Tropez, Miami und ich weiß nicht wohin, um diese WC-Brillen zu liefern. Meine Mutter hatte bald die Nase voll und deswegen haben sie sich getrennt. Also quatsche ich jetzt mit meinem Vater über FaceTime oder Skype. Lieber wäre mir natürlich ein Vater, den ich täglich beim Zähneputzen sehe. Aber mich hat ja keiner gefragt.

Es ist schon viel zu spät!

Montag, 26. August

06:00 In meinem Zimmer

Grottenschlecht geschlafen heute Nacht, also fange ich das Schuljahr mit Ringen unter den Augen an.

06:10

Stressss. Habe heute Nacht beschlossen, dass ich all meine Fotos auf Lookbook durchsehe. Und das Outfit mit den meisten

Hypes ziehe ich dann an. Lookbook ist eine Website, auf der Mädchen aus der ganzen Welt Fotos ihrer Outfits einstellen. Andere Besucher können dann Hypes vergeben, wenn ihnen ein Outfit gefällt. Aber weil auf Lookbook alle viel älter sind als ich, trage ich auf allen Fotos eine Tiermaske. Daher hängen über meinem Spiegel auch ein Tiger, ein Panda, ein Zebra und ein Kaninchen.

07:15

Mir ist ganz komisch. Meine Outfit-Fotos auf Lookbook reichen genau ein Jahr zurück – da fing gerade mein letztes Schuljahr an meiner alten Schule an. Der erste Schultag war ein bisschen so wie heute. Nur fühlte ich mich damals richtig erwachsen, schließlich war ich in der sechsten Klasse. Und genau so kam ich auf den Schulhof. Fröhlich winkend, weil ich ja die ganze Schule kannte. An dem Tag trug ich ein rot-weiß gestreiftes Shirt, Leopardenleggings, Sportsocken aus Italien und eine Baskenmütze. An allem, was ich auf diesem Foto trage, hängt eine Erinnerung. Die schwarze Baskenmütze habe ich von meinem Vater bekommen. Er hat sie in meinem Lieblingsladen für Vintage-Klamotten in Paris gefunden. Ich selbst war aber noch nie dort. Das Shirt habe ich zusammen mit meiner Kindergartenfreundin gekauft, damals durften wir zum ersten Mal allein in die Stadt fahren. Wir haben uns so frei gefühlt!

Die Leggings stammte noch von Mama. Meine Mutter liebte Kostümfeste und hat zum Glück all ihre Kostüme in einem großen Müllsack aufbewahrt. Und in den Sommerferien zwischen der fünften und sechsten Klasse habe ich diesen Sack gefunden. Ich habe alles gewaschen und gebügelt … und sofort einen Extraplatz in meinem Kleiderschrank dafür frei geräumt. Die Sportsocken habe ich von Giovanni bekommen, meiner *amore* aus Lido de Jesolo. Die habe ich noch nie gewaschen.

Aber das Foto mit den meisten Lookbook-Hypes stammt von meinem 12. Geburtstag. An dem Tag trug ich ein weißes Hemdchen und darüber ein knallrosa schulterfreies Galakleid von Laura Dols. Es war das erste Mal, dass ich ein Kleid aus diesem Laden anprobierte. Und es passte mir sogar. Also fast. Das Oberteil musste ich ein wenig einnähen. In dem Outfit sehe ich zwar sehr festlich aus, aber der Tag war überhaupt nicht feierlich. Es war der erste Geburtstag ohne meine Oma. Von ihr habe ich alles gelernt. Kleidung nähen, Schnittmuster zeichnen, Knopflöcher machen, Stoffe raffen, stricken, häkeln, eine Grace-Kelly-Rolle in die Haare legen, auf hohen Absätzen laufen und auch Pfannkuchen backen. Und natürlich einige Tricks, wie man mit dem Weinen aufhört. Da meine Mutter immer viel arbeiten musste, ging ich nach der Schule meistens zu Oma und Opa.

Als Geburtstagsgeschenk bekam ich dann von Opa ihre Nähmaschine. Und ihr Nadelkissen mit den kleinen chinesischen Püppchen rundherum. Und ihren Fingerhut. Ich habe den ganzen Tag geheult. Und wegen dem ganzen Geheule musste mein Opa auch immer wieder schluchzen, und meine Mutter auch. Natürlich brachte das meinen Vater dann auch zum Schniefen. Ich versuchte einen von Omas Tricks – ganz laut ein Lieblingslied singen und heftig mit den Armen wedeln –, aber davon musste ich nur noch mehr weinen. Ich habe das Foto »My Granny« genannt. Wenn man ganz genau hinschaut, sieht man auch, dass ich ein kleines schwarzes Herz auf mein Handgelenk gezeichnet habe. Ein Herzchen für meine Oma.

Das mit den Socken klingt auch ziemlich romantisch, aber das war es nicht. Giovanni ist meine große Urlaubsliebe, aber *seine* Liebe war in diesen Ferien eine gewisse Tuva aus Schweden, mit hellblonden Haaren, einem Bikini in Neonorange und einem Nabelpiercing.

Die Socken habe ich geklaut, als Giovanni auf dem Campingplatz unter der Dusche stand. Mit Tuva. Er war damals eben auch schon sechzehn und ich erst zehn, aber was sind sechs Jahre in einem ganzen Leben?

07:30 Küche

Es wird das rosa Kleid mit der Leopardenleggings und die All Stars mit Sternen. Meine Bücher habe ich in eine Plastiktasche

von H&M gesteckt, aber die ist gerissen. Sie passen auch nicht in eine Clutch. OMG. Stressss.

Okay. Ich stecke Mäppchen und Telefon in meine Clutch und die Bücher in eine Jute-Einkaufstasche vom Supermarkt. *Voilà.* Lässig und umweltbewusst. Und ich habe mit Filzstift ein Herzchen auf mein Handgelenk gezeichnet, damit Oma heute bei mir ist.

Foto von meinem Outfit gerade noch schnell auf Lookbook gestellt, mit Tigermaske. Dann habe ich heute Mittag ganz viele Reaktionen, hoffe ich. Meistens bekomme ich ziemlich viele Hypes. Ich habe auch schon einmal auf der Facebook-Seite von Lookbook gestanden, aber das war nur, weil ich ihnen leidtat. Es gibt einfach so viele Mädchen, die viel hübscher aussehen als ich. Jetzt aber rrrennen!

07:55 Bushaltestelle

Viel zu früh in der Schule. Sitze im Wartehäuschen der Bushaltestelle um die Ecke. Radfahren im morgendlichen Berufsverkehr geht gar nicht. Noch keine Schüler gesehen, dafür aber Maler.

Ich frage mich, warum Maler immer weiße Overalls tragen. Schwarz ist doch viel sexyer. Vielleicht hat Papa noch irgendwo so einen Arbeitsoverall liegen. Dann färbe ich ihn schwarz, kürze die Beine ein Stück und schneide den Kragen ab. Mit aufgerollten Ärmeln habe ich dann eine Art Jumpsuit à la Yves Saint Laurent.

08:20

Zweifle an meiner Kleidung. Das kam bislang an mir vorbei:

Jeans: 93
Shirt: 80
Kapuzenpulli: 18
Rucksack: 56
Blaue Turnschuhe: 65
Schwarze Turnschuhe: 42
Rosa Turnschuhe: 7
Gerader Pony: 0
Galakleid: 0
Leopardenleggings: 0
All Stars mit Sternen: 0
Selbst gemachtes Haarband: 0
Öko-Shopper: 0
Clutch mit Mäppchen drin: 0

Diese Zweifel überkommen Kate Moss bestimmt auch hin und wieder. Ich sehe hübsch aus, ich sehe hübsch aus, ich sehe hübsch aus. Wirklich. Wirklich. Wirklich.

Mein Outfit hat schon 84 Hypes auf Lookbook. Vielleicht sollte ich mein Haarband ablegen. Oder meine Jacke zuknöpfen. Und die Haare offen tragen. Meine Clutch würde auch noch in den Öko-Shopper passen …

Alle gehen zu zweit oder in Grüppchen Richtung Schule. Die älteren Schüler haben alle denselben Gang. Sie betreten den Schulhof, als würden sie über den Boulevard von Jesolo schlendern. So muss ich auch laufen. Gleich. Ich bleibe lieber noch ein Weilchen hier sitzen. Vier Grüppchen warte ich noch ab und dann stehe ich auf.

Mist, die Schulklingel …

12:30 Pause!

In der ersten Stunde sollten wir uns in der Aula versammeln. Der Raum war komplett voll mit neuen Schülern. Ich saß in der fünften Reihe. Vorsichtig schaute ich mich um und hoffte inständig, dass es zwischen all den Mädchen auch eine Freundin für mich gab. Unser Konrektor, Herr Hulleman, sprach fröhlich in ein Mikrofon. In seiner Ansprache betonte er zuerst, wie dankbar er für so viele nette neue Leute sei. Und dass es bestimmt ein Topjahr werden würde, bei so vielen Spitzenschülern. Unser Leben würde sich sehr schnell ändern und wir würden erwachsen und so. Danach wurde es aber ziemlich grässlich, denn er redete die ganze Zeit über Hausaufgaben, Klassenarbeiten, Referate, Disziplin, Verhalten, Respekt und solche Sachen. Die Mädchen neben mir kicherten und ich konnte hören, wie sie über Herrn Hullemans gefärbte Haare Witze machten. Die fand ich auch unmöglich. Also versuchte ich, mit den Mädchen Kontakt aufzunehmen, indem ich mitlachte, aber sie gönnten mir nicht mal einen Blick. Bestimmt sah es total idiotisch aus, wie ich da so ganz allein vor mich hin kicherte.

Während der Ansprache blätterte ich durch den Reader – ein Handbuch für neue Schüler, das man uns beim Reinkommen in die Hand gedrückt hatte. Darin stehen Tabellen mit Lernzielen. Englisch wird ein Kinderspiel und Französisch auch. Ich schaue mir immer französische Blogs und Webshops an. *Je parle très bien le français.* Ein Kapitel aus dem Buch handelt von Kleidung, das weiß ich bestimmt schon alles. *Robe, pantalon, jupe, bijoux, moustache, manteau, sac, chemise, lunettes, soldes. Voilà, merci beaucoup.*

Am Ende streckte der Konrektor die Faust in die Luft: »Leute, wir packen es an!« Ich hatte nicht die geringste Lust, auch nur irgendwas anzupacken. Viel lieber wäre ich heute im Zeichenkurs in Paris oder in der Strickstunde in New York. Alles, nur kein Mathe und Bio! Danach kam das Festkomitee auf die Bühne und kicherte sich einen ab. Sie nennen sich »Feastgirlz«. In einer amerikanischen Schule wären sie bestimmt Cheerleader geworden. Sie hatten natürlich auch so einen Schlachtruf, etwas wie »BI-BA-BIEST – MIT UNS IST IMMER FEAST!« Die Vorsitzende des Festkomitees heißt Felice und hat dunkelbraune Haare mit einer Selena-Gomez-Welle. Außerdem hatte sie so viel Lipgloss aufgetragen, dass sich sogar die Neonröhren in ihren Lippen spiegelten. Sie suchten noch ein neues Mitglied für das Komitee. Die nennen sie dann Festschlumpf und finden das unglaublich witzig. Auf keinen Fall will ich Festschlumpf werden, aber eine ganze Legion von Mädchen ist ganz versessen darauf. Wie sie gierig die Hände in die Höhe strecken … Ich schaute zu einem Jungen, der zuvor als Chefredakteur der Schülerzeitung vorgestellt worden war. Er saß auf einem Stuhl neben dem Rektor und ahmte die Feastgirlz nach, indem er sich übertrieben mit einer Hand durch die Haare fuhr und mit den Schultern wackelte – das fand ich witzig!

Das erste Schulfest ist am Freitag vor den Herbstferien, ich bin jetzt schon nervös. Auf dem Fest wird bestimmt heftig geküsst. Das finde ich noch das Allerschlimmste von allem. Und es ist ein Themenfest, also müssen alle verkleidet kommen. Die Feastgirlz werden das Thema allerdings erst eine Woche vorher bekannt geben. Ich verstehe nicht, wieso sie das nicht früher machen, eine Woche ist doch viel zu kurz, um sich ein megacooles Outfit zu überlegen! Letztes Jahr lautete das Thema *Beauty and the Nerd* und das Jahr davor *Schnurrbart-Fever* ... Wie schön wäre es, wenn es dieses Jahr *Dior* oder *Saint Laurent Paris* wäre ...

12:45

Nachdem die Feastgirlz Anmeldeformulare verteilt hatten, gingen wir in unseren Klassenraum. Zum ersten Mal in meiner neuen Klasse! Als eine der Ersten setzte ich mich an einen leeren Tisch am Fenster. Ich hatte mich extra beeilt, denn ich wollte keinen Platz auszuwählen, wenn die Klasse schon voll war. An den Wänden hingen Poster von Prinz Charles, Camilla Parker Bowles, Prinz William, Kate und dem Royal Baby George. Ernsthaft! Bestimmt sechzig Stück, würde ich tippen. Irgendjemand hat hier wohl ein Abo der *Vorsten,* einer Zeitschrift über die Royals. Als Erstes kam eine Gruppe von Mädchen rein, sie liefen schon wie ältere Schülerinnen und setzten sich alle fünf zusammen. Danach ein paar Jungs. Zwei normale und ein sehr gut aussehender. Zum Glück setzte sich der gut aussehende nicht neben mich, denn sonst würde ich vor Nervosität den Rest des Jahres bestimmt nichts vom Unterricht mitbekommen.

Die Hälfte der Klasse war schon drinnen und der Stuhl neben mir war immer noch leer. Allmählich machte ich mir doch etwas Sorgen, ich müsste das ganze Schuljahr neben einem leeren Stuhl verbringen, aber im letzten Moment kam ein kleines Mädchen mit schwarzen Haaren auf mich zu. Sie hatte einen Hello-Kitty-Kalender bei sich und ich sah, dass sie ihre Bücher in My-Little-Pony-Papier eingeschlagen hatte. Sie ließ sich auf den Stuhl fallen und sagte: »Ich bin Jada.«

Ich war soooo froh, dass jemand ganz Normales neben mir saß! Aber keine Sorge, ich fing nicht an zu jubeln, ich sagte einfach: »Hi!«

Nach der Klingel kam Frau Vergeer in den Klassenraum, unsere Klassenlehrerin. Sie unterrichtet Englisch und sieht genauso aus wie Camilla Parker Bowles, die Frau von Prinz Charles, die auf all diesen Postern abgebildet war. Graue Haare mit einer Welle und einem zu langen Kinn. Ihre Kleidung ist so extrem altmodisch, dass sie schon wieder Prada sein könnte.

Ich überlegte mir, wie toll es wohl wäre, wenn wir Coco Chanel als Klassenlehrerin hätten. Sie in einem schönen Wollkostüm, einem violetten Hütchen mit einer langen Perlenkette und hohen Absätzen. Und die ganze Klasse in bretonischen T-Shirts mit weiß-blauen Streifen und Matrosenschiffchen auf dem Kopf. Ein Klassenzimmer mit runden Fenstern und Strandhäuschen auf dem Schulhof. Madame Chanel würde mit ihren rot lackierten Nägeln leicht auf das Pult tippen und ein »*Bonjour!*« hauchen.

»Ruhe!« Frau Vergeer hämmerte mit einer Art Holzklotz auf den Tisch. Augenblicklich herrschte Totenstille. Jetzt erst sah ich, dass unsere Lehrerin einen sehr kleinen Mund hat. Einen kleinen geraden Strich und darüber eisig stechende Augen. Jada machte ein Gesicht, als wären wir gerade in einem dunklen Wald von zwei Strauchdieben kopfüber an den Fußknöcheln an einen Baum geknüpft worden. So fühlte es sich auch an. Vergeer spähte wie ein Rottweiler die Tischreihen ab.

»Ich bin Frau Vergeer, eure Klassenlehrerin. In den kommenden Jahren unterrichte ich euch in Englisch. Wir beginnen die Stunde mit einer Vorstellrunde.«

Als Erste war Amanda dran, ein Mädchen mit sehr langen blonden Haaren und blauen Augen mit viel Mascara. In der Aula hatte sie sich sofort gemeldet, als die Feastgirlz fragten, wer neu ins Festkomitee wollte. Sie erzählte, dass sie im alten Süden von Amsterdam wohnte, diesen Sommer auf Bali im Urlaub gewesen war und Hockey und Partys mochte. Ihr Vater arbeitet bei einer Bank und ihre Mutter hat einen Laden mit Hundebekleidung im Nobelviertel der Stadt. Am Tisch hinter ihr saßen zwei Mädchen mit extrem hochgeföhnten Haaren. Vermutlich hatten sie auch eine ganze Dose Volumenpulver verbraucht. Sie starrten Amanda an, als wäre sie der große Guru der Friseurakademie. Bei allem, was sie sagte, nickten sie übertrieben und sagten Sachen wie »mega«, »chill«, »cool«, »superrr«.

Der gut aussehende Junge heißt übrigens Ferry. Die meisten anderen Jungs haben Namen wie Henri, Thijmen oder Olivier. Ferry hat auch einen leichten Amsterdam-Slang drauf. Er spielt in der ersten Jugendauswahl von Ajax und ist diesen Sommer in einem Trainingslager in Spanien gewesen. Ich konnte nichts dagegen machen – ich fragte mich sofort, ob ich Ferry auf dem Schulfest küssen würde. Ich gehe mal davon aus, dass ich nicht die Einzige war, die darüber nachdachte, denn den Mädchen am Tisch neben uns fiel auch die Kinnlade hinunter. Feastgirlz-Kit Amanda klimperte mit den Wimpern und ihre Anbeterinnen machten Augen wie Mangapüppchen. Ferry sieht fast so aus wie Harry von One Direction und hätte diesen Sommer genauso gut im Trainingslager von Abercrombie & Fitch stehen können.

Danach waren die Mädchen an den Tischen vor uns dran. Lieve wohnt im Osten der Stadt und Dunya ein paar Straßen hinter mir im Westen.

Dann zeigte Camilla Parker, der Rottweiler, auf mich. Ich spürte, wie mir das Blut in den Kopf stieg.

»Ich bin Coco.«

»Steh doch mal auf, Coco.« Das fand ich ein wenig seltsam, denn bisher hatten alle während der Vorstellungsrunde einfach sitzen bleiben dürfen. Ich zupfte nervös an meinem Kleid, rückte meinen Stuhl zurück und stand auf. Die ganze Klasse starrte mich an. Die Mangapüppchenaugen der Friseurakademie schossen exakt gleichzeitig von meinem Kopf zu meinem Kleid. Zwei Jungs begannen zu pfeifen. Und Frau Vergeer verdrehte ihre Schellfischaugen.

»Ich bin Coco. Ich bin in Zwolle geboren und ich wohne im Jorrrdaan.« Ich gab mir Mühe, auch ein bisschen Amsterdamer Dialekt zu reden wie Ferry.

Frau Vergeer lachte plötzlich amüsiert auf und zeigte mit dem Finger auf mich. »Schaut doch mal, wir haben einen kleinen Klassenclown!«

Feastgirlz-Kit Amanda stieß einen kurzen Schrei aus, der wie ein »Miau« klang. Ein kalter Schauder lief mir über den Rücken. Die ganze Klasse starrte mich kichernd an. Nur Ferry blieb ruhig. Am liebsten wäre ich aus dem Raum und zu den Toiletten gerannt, aber ich konnte mich nicht mehr bewegen. Coco der Clown, dröhnte es durch meinen Kopf. Frau Vergeer gluckste immer noch und die Augen der Friseurakademie verengten sich zu vier boshaften Schlitzen. Jada schaute mich an und ihr Blick sagte etwas wie: OMG, an deiner Stelle würde ich jetzt am liebsten tot umfallen. Was ich auch gern getan hätte. Ich überlegte schon, in welche Richtung ich am besten in Ohnmacht fallen sollte, damit sie mich danach einfach aus dem Klassenraum tragen konnten.

Zum Glück ging in diesem Moment die Tür auf – es war der Junge von der Schülerzeitung. Schnell setzte ich mich wieder. Der Junge hielt Vergeer seine Hand fröhlich zum High-Five entgegen, woraufhin sie sehr mädchenhaft lachte, und stellte sich vor die Klasse.

»Liebe Neuschlümpfe, aufgepasst!«, rief er. »Mein Name ist Bruno Terim.«

Ich musterte ihn. Er trug eine ziemlich lässige Militaryjacke mit Badges. Gute Turnschuhe hatte er auch. Nike mit einer Art Galaxy-Spritzern. Er stand vollkommen entspannt vor der Klasse.

»Die Schülerzeitung sucht einen neuen Redakteur.« Auf seinem T-Shirt war ein Foto von Blondie, einer blonden Sängerin aus den Achtzigern. Ich betrachtete seine Haare, sie waren sehr dick und pechschwarz. Und lang, wie bei den Jungs in Italien am Strand. Wo er wohl herkam? Er hatte irgendwie etwas Türkisches oder Italienisches. Dunkle Typen finde ich immer total toll. Ich fragte mich, wie er wohl mit Pferdeschwanz aussähe. Oder mit einem schmalen Haarband. Oder mit nassen Haaren nach dem Duschen. Er sprach über die Schülerzeitung, als ginge es um die *Sports Illustrated* (eine amerikanische Zeitschrift über Sport und Mädchen in Bikinis). Fast hätte ich gerufen: »Gib mir ein Abo auf die Schulzeitung, dann kündige ich die *Vogue*!«

Die Redaktion besteht aus sechs Schülern, alle aus einer anderen Stufe. Jetzt suchen sie also jemanden aus der Siebten.

»Na, wer wird mein neuer Redakteur?«, fragte Bruno am Ende seiner Rede. Einen Moment lang glaubte ich, er würde mich ansehen, und schaute schnell aus dem Fenster. Ich fände es klasse, für die Schülerzeitung zu schreiben. Eine eigene Kolumne mit Tipps für Party-Outfits. Vorschläge für Modeaktivitäten in Amsterdam. Der große Amsterdamer Apfelkuchentest. Oder eine eigene Street-Style-Rubrik wie im *Mode Magazine,* nur eben über den Stil von Schülern. Aber ich hielt meine Hände fest im Schoß. Jada dagegen hob sofort den Finger.

Bruno notierte ihren Namen. »Ich maile dir, Jada«, sagte Bruno.

Es passte mir gar nicht, dass er nicht sagte: »Ich maile dir auch, Coco.« Oder: »Ich liebe dich, Coco, du bist das allerhübscheste Mädchen, das ich je gesehen habe. Dein Kleid ist einfach irre schön und ich stehe total auf Clowns.«

Shit!

12:55

Jetzt sitze ich wieder im Wartehäuschen an der Bushaltestelle. Jada habe ich irgendwo auf dem Flur verloren. Die letzten Unterrichtsminuten wurden von wahnsinnigem Getrommel an der Tür gestört. An dieser Schule ist es offenbar Tradition, dass sich alle älteren Schüler am ersten Schultag fünf Minuten vor der großen Pause vor die Klassenräume der neuen Schüler stellen. Feastgirlz-Kit Amanda schlich an meinem Tisch vorbei, gefolgt von der Friseurakademie. »Hallo, Coco der Clown«, flüsterte sie gehässig. Schnell stopfte ich meine Bücher und meinen Schülerkalender in die Tasche und klammerte mich an Jada. Gemeinsam gingen wir zur Tür. Ich musste mich durch die Menge zwängen, während alle durcheinanderriefen: »Unterschlümpfe, Winzigmücken, Kleinmoleküle!«

Meine Oma sagte immer, ich hätte mehr Ähnlichkeit mit

Coco Chanel als mit Coco, dem Hauspapagei. Aber offensichtlich bin ich jetzt Coco der Clown. Das war's, Stilikone, *forget it!* Samstag stehe ich um 9 Uhr bei H&M.

17:00

Der Inhalt meines Sparschweins:

- siebenundzwanzig 5-Cent-Münzen
- zwölf 20-Cent-Münzen
- vier 1-Euro-Münzen
- drei 2-Euro-Münzen
- ein 5-Euro-Schein

Ich habe also 18,75 Euro. Eigentlich spare ich ja für eine Kamera, aber mein Handy macht auch prima Fotos und ich nehme sowieso immer die von Mama, wenn sie es nicht sieht.

Nächsten Monat bekomme ich wieder Geld für Klamotten, das sind 30 Euro.

Und in den Herbstferien darf ich eine neue Jacke und neue Schuhe kaufen.

Klamotten in meinem Schrank, die ich in die Schule anziehen kann:

- schwarze Leggings
- Jeansjacke
- schwarze All Stars
- rot-schwarz gestreiftes T-Shirt
- vielleicht auch meine schwarzen Shorts

Klamotten, die ich sofort brauche, damit ich in der Schule nicht sterbe:

- Jeans
- Jeggings
- T-Shirts mit langen Ärmeln und einem Text, Streifen oder irgendeinem langweiligen Aufdruck
- Blusen
- Sweater mit Kapuze
- lange Weste in unauffälliger Farbe

Und eine Jeans allein kostet schon 30 oder 40 Euro! Aaaaaaaaaaaaarrrrrrgggggh. Ich kann nie wieder zur Schule gehen!

20:45

Meine Mutter war heute Abend überraschend früh zu Hause. Auch wenn sie schon wieder mit einem Aktenstapel und drei iPhones hinter ihrem Laptop saß. Meistens sehe ich sie erst, wenn ich schon fast schlafe, dann kommt sie noch schnell zu mir, um mir einen Gutenachtkuss zu geben. Ich hatte Tee gekocht und meiner Mutter einen Cappuccino mit ganz viel Schaum gemacht, das mag sie gern.

»Wie war's in der Schule? Hast du schon Hausaufgaben?«, fragte meine Mutter fröhlich. Sie zog eine Tüte mit toskanischem Gebäck aus ihrer Tasche. Und auch das neue *Mode Magazine*! »Zur Feier deines ersten Schultags!«

Offenbar denkt meine Mutter, der erste Tag an einer neuen

Schule sei etwas zum Feiern. Dabei ist es mehr was zum Heulen. Eine clevere Mutter stellt eine Packung Kleenex auf den Tisch. Aber meine Mutter meint, es gäbe was zu feiern!

»Oh, prima«, antworte ich.

»Sind deine Mitschüler nett?«

»Wahnsinnig.«

»Wie ist deine Klassenlehrerin?«

»Okay.«

Ich habe einmal heimlich in den Terminkalender meiner Mutter geguckt. Der ist voller Kästchen mit Arbeitsdingen. Sie hat auch Kästchen, in denen mein Name steht, die sind ganz klein und rosa. Ich glaube, dass ich heute Abend wieder in so einem Kästchen stand.

»Am Wochenende helfe ich dir gern mit einem Plan für deine Hausaufgaben. Wenn du nicht in Rückstand gerätst, rutschst du problemlos durch die Orientierungsstufe und kannst gleich mit dem Gymnasialzweig weitermachen. Wir schaffen das, meine Kleine!«

Da ich nur eine Empfehlung für die Realschule hatte, bin ich jetzt in einer Kombinationsklasse. Meine Mutter ist ziemlich aufs Gymnasium fixiert. Sie hält es nämlich für eine Verschwendung meiner Gehirnzellen, wenn ich zur Modeakademie gehe. Aber was ich mich dann natürlich sofort frage:

Sind Viktor und Rolf dumm?

Ist Karl Lagerfeld ungebildet?

Hat Coco Chanel etwa einen niedrigen IQ? Hatte die Mutter von Coco Chanel während der Eröffnung von Cocos eigenem Laden auf der Rue Cambon gedacht: An sich ist es ja ganz nett, dass meine Tochter einen eigenen Laden hat und Hütchen zusammenbastelt, aber richtig KLUG wäre sie erst, wenn sie Rechtsanwältin oder Ärztin geworden wäre?

Genau das meine ich. Meine Mutter kapiert das einfach nicht. Kommt bestimmt von all den dicken Gesetzbüchern, die würden mich auch kirre machen. Ich holte tief Luft.

»Kann ich mein Geld für Klamotten einen Monat früher haben?« Der Vorteil guter Laune ist, dass sie dann nicht so rumnörgelt.

»Du hast gerade das Geld von diesem Monat bekommen.«

Nörgel, nörgel.

»Und du hast doch schon zwei große Schränke voller Klamotten.«

Nörgel, nörgel.

»Ich will einfach ein paar andere Sachen für die Schule.«

Und dann geschah ein Wunder. Meine Mutter nahm ihren Geldbeutel und blätterte einfach so 30 Euro auf den Tisch. »Aber erst machst du deine Hausaufgaben, bevor du am Wochenende in die Stadt gehst.«

Dann begannen gleich zwei Telefone zu vibrieren. Meine Mutter schaute auf die Displays. »Tut mir leid. Da muss ich kurz rangehen.« Mit einem der Telefone klapperte sie auf ihren hohen Absätzen in den Wintergarten. Das war es dann mal wieder.

21:00

Die Street-Style-Rubrik vom *Mode Magazine* berichtet über drei Besucherinnen vom *Valtifest* – ein gigantisches Fest, für das man mindestens 18 Jahre alt sein muss. Eines der Mädchen trägt einen silberfarbenen Faltenrock, Kniestrümpfe mit Pünktchen, schwarze Schaftstiefel und einen locker geflochtenen Fischgrätenzopf. Ich würde einen Mord dafür begehen, um in dieser Rubrik zu stehen! Vielleicht gibt es ja bald mal eine Sonderausgabe über CLOWNS. Aaaaaaarrrgggggh.

Auf Facebook hab ich schon zwei Freundschaftsanfragen von Mädchen aus meiner Klasse und ich selbst habe Jada noch gefragt. Das sind also DREI neue Freunde. Ich weiß nicht, was an einem ersten Schultag so normal ist, aber nach dem Clown-Zwischenfall hätte ich Schlimmeres erwartet.

Bonne nuit!

22:10

Shit. Auf meiner FB-Seite sind nur Fotos von mir in meinen üblichen Klamotten. Schnell alle alten Fotos gelöscht. *Bisous!*

The Style Tiger

Samstag, 31. August

10:00 Küchentisch

Heute früh mit meiner Mutter gefrühstückt. Sie musste unverhofft ins Büro, um einen Fall vorzubereiten. Mir egal. Mein Kopf fühlt sich sowieso an wie ein Blockabsatz aus Holz. Ich krieche wieder ins Bett und verschlafe den restlichen Tag.

11:00 In meinem Zimmer

Gerade stand mein Opa vor der Tür. Er fragte, ob ich Lust hätte, mit ihm auf den Stoffmarkt zu gehen. Ich musste fast weinen, weil er so ein Schatz ist.

18:30 In meinem Zimmer

Heute war der schönste Tag aller Zeiten und ich habe den allerbesten Opa! Wir lieben beide Apfelkuchen, daher haben wir den noch vor dem Markt in unserem Lieblingscafé gegessen. Und wir bestellen immer zweimal Extrasahne. Zum Glück war mein Opa gut gelaunt. Manchmal ist er das nicht, weil ihm Oma fehlt. Das finde ich sehr traurig für ihn. Irgendwann legte er mir seine große Hand auf die Schulter und sagte: »Schön, dass es dich gibt, mein Mädchen.«

Das fand ich dann wieder ganz toll.

Die Sonne schien und wir haben uns damit vergnügt, Leute zu beobachten. Wir haben uns überlegt, wer welchen Beruf ausübt – das machte Opa früher auch mit Oma. Eigentlich war das noch letztes Jahr.

Danach gingen wir auf den Markt. Opa hatte Omas Shopper mitgenommen, denn da passt viel rein und er hat einen Reißverschluss, falls es regnet. Ich habe ein Stück Stoff mit einem türkis-schwarzen Leoparden-Print gekauft und ein sehr witziges Band mit schwarzen Kügelchen. Und einen Stoffrest aus dunkelrotem Satin mit einem Paisleydruck – daraus mache ich eine Fliege für Opa und eine Tasche, in die er seinen Pyjama stecken kann. Aber das weiß er noch nicht. Der Stoff gefiel ihm jedenfalls sehr gut. Das ist auch das Schöne an meinem Opa: Er hat einen sehr guten Geschmack. Seine Pullover und Socken mit Karos in schönen Farben hat er auch immer selbst gekauft, sogar als Oma noch lebte. Opa hat noch einen neuen Knopf für seine Jacke gekauft, denn den hatte er verloren. Ich habe ihn gefragt, ob ich den Knopf morgen schnell für ihn annähen soll, aber das kann er auch selbst. Danach sind wir an den Grachten spazieren gegangen. Mit Opa kann ich echt gut reden. Ich kann ihm einfach alles erzählen, wenn wir zusammen sind. Er findet nichts seltsam, auch nicht, wenn ich mich etwas schwammig ausdrücke.

Mein Opa redet viel über Oma – so ist sie irgendwie doch ein wenig bei uns. In der Leidsestraat sagte Opa plötzlich: »Komm, wir gehen zu H&M.«

Dort haben wir eine Jeans gekauft – die hat er mir geschenkt. Sie ist blau mit geraden Beinen, aber eigentlich ganz hübsch. Von meinem eigenen Geld habe ich dann noch zwei T-Shirts gekauft (eins in Weiß und eins in Dunkelblau) und einen grauen Kapuzenpulli. Opa gefiel ein Ballonrock mit Ananas-Print von Divided sehr gut. Mir an sich auch, aber der ist viel zu auffällig für meine Schule. Gegenüber vom *Paradiso* ist eine Snackbar mit köstlichen Sachen, dort haben wir dann einen Hamburger Hawaii gegessen. Danach ging Opa in den Buchbindeclub und ich Richtung Rokin, einer Straße im Zentrum. Aber erst habe ich ihn noch fest umarmt.

In einer Seitenstraße der Rokin befindet sich das Boudoir de Paris, ein Laden mit Vintage-Kleidung. Dort ist es immer total gemütlich. Ich kenne auch die Inhaberin, sie heißt Alicia. Der Laden ist mit seinen drei Minietagen ziemlich klein. Im Keller stehen viele Schuhe, oben hängen Taschen und Accessoires und beim Eingang sind die Jacken, Hosen, Röcke und Westen zu finden. Im ganzen Laden hängen schöne Abendkleider und Kimonojacken aus Satin. Sie haben so eine altmodische silberne Kasse und es läuft immer Musik aus den Zwanzigerjahren. Die ist total entspannend und macht mich ganz fröhlich.

Alicia hat ganz viele Modebücher und alte Zeitschriften. Und da im Laden ein Sofa mit Fußbänkchen steht, kann ich darauf auch gemütlich schmökern. Manchmal hat sie gerade neue Ware bekommen, die wir dann zusammen auspacken. Und wenn man in den Laden kommt, bimmelt es hell. So wie heute, als ich reinging.

Alicia trug ein langes Abendkleid mit Perlen und ein schwarzes Hütchen mit Schleier. Sie sieht immer aus, als käme sie geradewegs aus einem alten Film.

»Hast du was Schönes gefunden?«

Ich zeigte ihr meine neue Jeans, die Shirts und den Pulli.

Alicia guckte erstaunt. »Daraus machst du bestimmt was Tolles! Willst du Tee? Ich habe heute wieder etwas sehr Hübsches reinbekommen.«

Neben dem Verkaufstresen standen zwei große Kartons. Ich fummelte am Klebeband herum. Bei Alicia Kartons auspacken ist mein größtes Hobby. Es ist wie das Öffnen von Schatzkisten voller Juwelen aus der ganzen Welt. Nur eben mit Kleidern aus New York, Hüten aus San Francisco, Jäckchen aus Mailand, ... Wenn ich mich für einen Beruf entscheiden müsste, dann Kartonauspacker. Ich schaute auf die beiden Aufkleber – diese Kartons kamen aus Paris.

»Hast du die erste Schulwoche gut überstanden?«, fragte Alicia, während sie zwei Tässchen abstellte. Wir trinken immer Tee aus Veilchentassen mit Goldrand.

Ich murmelte so was wie »Jaahaaa« und zupfte am Klebeband.

»Das sind alte Korsetts. Sollen wir heute gemeinsam das Schaufenster dekorieren? Es ist eh nicht viel los.«

Eigentlich ist es im Laden immer ruhig, das gefällt mir auch so gut daran, aber Alicia hätte gern mehr Betrieb. Hin und wieder kommen zum Glück doch Kunden, die sehr viel kaufen. Manchmal sind es auch bekannte Schauspielerinnen, die ein Kleid für eine Premiere suchen. Ich zog ein rosa Korsett aus dem Karton. Es war aus dickem Satin und am Leibchen steckten schmale eiserne Stäbchen. Ein wenig erstaunt sah ich zu Alicia. Solche Dinger sieht man normalerweise im Amüsierviertel oder in Dessous-Katalogen.

»Ein Korsett ist sehr typisch Jean Paul Gaultier, schau mal.« Alicia nahm ein großes Buch aus dem Regal. Sie blätterte zu einer Seite mit einem Foto des Designers zusammen mit einer sehr jungen Madonna. Sie trug ein gestreiftes Korsett aus Pailletten mit zwei spitzen Brüsten. Ich musste ein wenig lachen. Eigentlich wollte ich rufen: »Hallo, ich bin erst 13, weißt du! Ich brauche noch nicht mal einen BH (Körbchengröße AA, also eher so was wie einen Triangel-Bikini) und ich habe noch nie einen Jungen geküsst.« Ich hatte sogar sagen wollen, dass sich auch noch nie ein Junge nach mir umgedreht hat. Aber das habe ich dann doch gelassen. Ich machte ein ganz normales Gesicht und runzelte leicht die Stirn, wie die Leute in der Talkshow von Pauw & Witteman. Manchmal schaue ich mir Wiederholungen davon an. Aber wirklich nur manchmal, wenn nirgends Dr. Phil, eine Wiederholung von *The City* oder zur Not auch irgendwelche Dokusoaps oder Gedächtnistrainings

Das Korsett

Das Korsett oder Schnürleibchen wurde zum ersten Mal im fünfzehnten Jahrhundert getragen. Frauen trugen ein Korsett, um ihre Taille schlanker und ihre Brüste größer wirken zu lassen. Diese Korsetts saßen so eng, dass die Damen kaum atmen konnten und sogar in Ohnmacht fielen.

Der französische Designer Jean Paul Gaultier machte das Korsett weltberühmt, indem er ein Leibchen aus weißem und grünem Satin mit spitzen Brüsten für Madonna entwarf. Das trug sie 1990 während ihrer Blond Ambition Tour. Auch andere Designer wie Thierry Mugler, Sonia Rykiel und Christian Dior haben Korsetts in ihren Kollektionen.

zu finden sind. Und dann denke ich immer: Jippie, wie schön ist es doch, jung zu sein. Und nicht 50. Oder mit einem dieser Opas eine Beziehung zu haben!

Als wir alle Fotos aus dem Buch durchhatten, suchten wir uns drei Korsetts aus dem Karton und legten sie auf den Holzfußboden. Normalerweise kommen mir immer gleich hunderttausend Ideen für hübsche Kombinationen, aber für diese rosa Leibchen hatte ich echt keinen Plan.

»Zieh doch mal eins an, dann weißt du, wie es sich anfühlt.« Alicia zog noch ein anderes Korsett aus dem Karton. »Einfach über dein T-Shirt, mit deiner schwarzen Strumpfhose drunter. Einatmen!«

Es fühlte sich tierisch seltsam an, mit so einem BH-Shirt mitten im Laden zu stehen. Während ich also tief Luft holte, zurrte Alicia die Schnürbänder straff und musterte mich mit prüfendem Blick. »Irgendwo habe ich noch einen Seidenrock liegen, vielleicht passt der ja gut dazu.« Und schon verschwand sie im Lager.

Als ich mich im Spiegel sah, bekam ich einen Schrecken. Meine Taille war sehr schmal, aber ich erschrak vor allem wegen meiner Brüste. Sie wirkten ziemlich groß. Und auch ein wenig rund. Sehr weiblich. Und auch sexy. So hatte ich mich noch nie gesehen. Schnell schaute ich, ob auch niemand vor dem Schaufenster stand, und löste meinen Pferdeschwanz. Die Spitzen meiner dunkelbraunen Haare fielen über meine Brüste. Mit schräg gelegtem Kopf zwinkerte ich meinem Spiegelbild zu. Ich fragte mich, ob es den Jungs wohl gefällt, wenn man so zwinkert. Neben dem Spiegel stehen jede Menge Schuhe mit hohen Absätzen und ich schob meine Füße in ein Paar glänzende Peeptoes. Sie machten meine Beine lang und dünn. Hohe Absätze und ein Korsett wirken so richtig *Moulin Rouge*. Eigentlich fand ich es durchaus hübsch. Aber man kann ja schlecht nur in Strumpfhosen auf die Straße. Neben der Kasse steht immer ein Korb mit allerlei Schnäppchen für fünf Euro und ich wusste, dass auch eine Glitzershorts darin lag. Auf den Absätzen schwankend suchte ich die Hotpants, zog sie über meine Strumpfhose und betrachtete mein Hinterteil im Spiegel.

»Hübsch, vor allem mit den Absätzen!« Alicia war auf einmal wieder zurück und da erschrak ich erst recht. Hoffentlich hatte sie nicht gesehen, wie ich gerade intensiv meinen Po studiert hatte.

»Ich schaue nur gerade, wie man so ein Korsett kombinieren könnte und so.« Schnell trat ich mir die hohen Hacken von den Füßen. »Mit All Stars ist es besser.«

Alicia hielt den Rock vor das Leibchen. »Und was hältst du davon?«

Ich liebe lange Röcke. Sie schwingen so schön und sehen total frühlingshaft aus. Ich tauschte die Shorts gegen den Rock und zog eine weite Weste aus Flauschwolle darüber. Gerade als ich ein Diadem mit Micky-Maus-Ohren aufsetzte, ertönte die Ladenglocke. Eine junge Frau, so um die 25, betrat den Laden. Sie trug eine Lederhose, knallgelbe Absätze und hatte einen Ballettknoten auf dem Kopf. Ich erkannte sie auf Anhieb. Sie war vom Modeblog *This chick's got style!* Auf ihrem Blog sieht sie immer umwerfend aus und in echt fand ich sie sogar noch hübscher. Sie hat ein sehr freundliches und fröhliches Gesicht.

»Schick, guter Stil!« Sie musterte mich ausgiebig, als stünde ich im Schaufenster. »Schön französisch, mit einem Noordermarkt-Twist.«

Innerlich strahlte ich, denn ich bin ganz heiß auf den Noordermarkt. Auf dem ganzen Platz stehen Stände voller Vintage-Klamotten. In den riesigen Bergen an Klamotten kann man alle möglichen Schätze finden. Und ich liebe vor allem den Stil der Frauen, die dort herumlaufen. In den Sommerferien bin ich jeden Samstag auf diesen Markt gegangen, aber ich hatte keine Ahnung, dass mein Stil dem der Frauen dort auch nur im Geringsten nahekommen könnte.

»Habt ihr vielleicht noch mehr von diesen Korsetts?«, fragte die Modebloggerin begierig.

Alicia zwinkerte mir zu und zeigte ihr die Korsetts aus den Kartons.

Mit drei davon, der weiten Wollweste, die ich übergezogen hatte, und einem Stapel Hotpants verschwand sie in der Umkleide.

Eine Viertelstunde später lief eine meiner Lieblingsmodebloggerinnen mit meinem gesamten Set zur Tür hinaus! Ich war überglücklich! Mein Kopf war plötzlich voller Ideen für die anderen Korsetts. Ich zog ein gestreiftes T-Shirt aus einem

Regal und nahm noch eine Glitzershorts aus dem Schnäppchenkorb. Und aus dem Schrank fischte ich noch ein Matrosenhütchen. Das letzte Korsett kombinierte ich mit einem Smokingjäckchen und einer rosa Schmetterlingsbrille. Ich fühlte mich wie eine Moderedakteurin der *Vogue*. Gemeinsam mit Alicia zog ich die Schaufensterpuppen an.

Die erste bekam ein Korsett mit einem bretonischen T-Shirt darunter und rosa-schwarz gepunktete Socken. Damit ich die Vorderseite besser sehen konnte, ging ich vor die Tür und musterte das Schaufenster. Und exakt in dem Moment, als ich draußen auf der Straße stand, kam ein Junge auf einem Fahrrad über die Brücke. Einer mit schwarzen Haaren. Der gut aussehende von der Schülerzeitung, um genau zu sein. Er fuhr schnurstracks auf den Laden zu. Und ich trug den langen Rock, ein Korsett und Micky-Maus-Ohren auf dem Kopf. Ich konnte nirgends hin. Am liebsten hätte ich mein Gesicht in der Weste versteckt, aber die hatte ich gerade verkauft. Und er winkte mir zu. Shit.

18:30

Was er wohl gedacht hat? He, das ist eine von den Neuen, arbeitet sie im Amüsierviertel? OMG, sie ist bestimmt von Micky Maus besessen?

Oder er hat mich gar nicht erkannt und winkt bloß gern. Mein Opa grüßt auch immer jeden. Ich hoffe inständig auf Letzteres.

19:15

Habe Bruno vorhin auf Facebook gesucht, er sieht toll aus auf den Fotos. Ich habe alle gespeichert, in einem Ordner, den ich *Nagetiere* genannt habe – für den Fall, dass meine Mutter meint, sie müsste mal in meinen Dokumenten herumschnüffeln; man weiß ja nie, woran man mit ihr ist. Mütter sind höchst unzuverlässige Wesen.

Warum hatte ich heute Nachmittag nicht einfach einen Streifenpulli und Jeans an?

Das Korsett und den Rock durfte ich behalten, hatte Alicia gesagt, weil ich ihr so nett geholfen habe. Alicia ist echt die Allerliebste!

19:30 Küche

Pizza im Ofen. Selbst gemacht mit ganz vielen Tomaten und drei verschiedenen Paprikafarben. Die neue Klamotten (von Alicia) angezogen.

Habe auch noch eine violette Weste aus weicher Wolle im Schrank meiner Mutter gefunden. Jetzt schaue ich mir gemütlich einen Film an, *Zusammen in Paris* mit Audrey Hepburn.

20:00 Wohnzimmer

Auf dem Sofa. Allein.

Wow! Jada fragt mich über WhatsApp, ob ich morgen bei ihr Hausaufgaben machen will!

20:30 Wohnzimmer

Meine Mutter bekam gerade einen mittleren Herzinfarkt, als sie nach Hause kam.

»Hast du etwa *das* von meinem Geld gekauft?«, war ihre Reaktion, als sie mich in Korsett und Rock auf dem Sofa liegen sah. Und bei dem Wörtchen »das« zeigte sie mit spitzen Fingern auf mein Korsett. Ich habe ihr dann ganz schnell meine Jeans und die T-Shirts gezeigt und jetzt ist sie wieder quietschvergnügt.

Seltsam, sie erkannte ihre eigene Weste nicht. Normalerweise flippt sie immer aus, wenn ich mir was aus ihrem Schrank leihe. Ich bin sicher, sie wäre total durchgedreht, wenn ich eins ihrer Kostüme angezogen hätte. Was an sich durchaus eine gute Idee ist. Nur haben diese Kostüme allesamt lange Ärmel und ein Dreiviertelärmel ist so viel charmanter. Lang lebe meine Stoffschere!

20:40 In meinem Zimmer

OMG.

Ich hatte mein Lookbook völlig vergessen.

Mein Outfit mit dem rosa Kleid vom ersten Schultag hat 1388 Hypes und 114 Reaktionen!!

Ich stehe ganz oben auf der Homepage!

Hier ein paar der Reaktionen:

Totally love that grrrrrungie style.
You look amazing!
Great comfy chic look ☺
Fängst du auch einen eigenen Blog an?
Can't wait for your blog!
Love love love that dress! Fängst du echt einen eigenen Blog an?
Bitte poste einen Link!
Woher hast du dieses traumhafte Kleid?
Adoro a combinação, fica lindo! Love from Brazil.
Do you already have your own blog? Can't wait to check that out.
Big fan of your supercool style! You rock, girl.

23 Leute auf Lookbook sagen, ich soll einen eigenen Blog starten.

Mein eigener Modeblog!

Das scheint mir zwar das Tollste, was es gibt. Aber ich habe mich nie getraut. Denn wenn man so einen Modeblog hat, sagt man eigentlich: Schaut doch mal, wie megacool ich bin!

Und ich finde mich überhaupt nicht megacool.

21:15

Ein eigener Modeblog. Ist das nicht auch ein wenig arrogant?

Sonntag, 1. September

07:00 Im Bett

Konnte gestern nicht einschlafen, weil ich wegen der vielen Hypes total überdreht war. Die ganze Nacht musste ich an die Reaktionen auf Lookbook denken. Vielleicht sollte ich doch einen Modeblog anfangen ... Einen, auf den ich alle meine Outfits stellen kann. Mit Artikeln und tollen Tipps.

07.30

Oh neeeeiiiin! *This chick's got style* hat einen Blog eingestellt über MEIN Outfit! Sie hat sogar Micky-Maus-Ohren auf, haha. Sie sieht megacool aus. Unter dem Foto steht:

KORSETT: Boudoir de Paris
HOTPANTS: Boudoir de Paris
WESTE: Boudoir de Paris

Ich schicke Alicia sofort eine Nachricht!

09:00

Okay, ich starte meinen eigenen Modeblog. Die Bloggerin von *This chick's got style* ist ja auch nicht arrogant. Die meisten Blogger haben eine eigene Website bei Blogger.com, Tumblr oder WordPress, da kann man kostenlos einen Blog anlegen. Als Erstes muss ich mir aber einen guten Namen überlegen. Habe eine irre lange Liste gemacht. Erst alle Namen, in denen Coco vorkommt:

– Coco CHIC

– Coco Fashion

– Coco Style

– Coconista

– Coco Paris

Aber will ich überhaupt unter meinem eigenen Namen schreiben? Was ist, wenn Amanda meinen Blog findet? Oder jemand vom Festkomitee? Die lachen mich dann laut kreischend aus. Außerdem, finde ich, sieht es ein bisschen angeberisch aus. So viel Ahnung hab ich ja dann auch nicht von Mode. Wenn man einen Modeblog unter seinem eigenen Namen hat, denken bestimmt gleich alle:

Oh, sie glaubt wahrscheinlich, sie versteht was von Mode, pffff.

Namen ohne Coco:

– The Next Anna Wintour

– Modepoppy

– Ichhabstil

– Cooliochic

– Carawannabe

– hiamandaichbindochvielhübscheralsdusiehdochzuwodubleibst

– ichwünschteichwohnteinparismitaussichtaufdeneiffelturm

– Fashion Bubble

– Fashion Panda

– Modekatzen

Argggh, ich bin überhaupt nicht gut darin, mir Namen auszudenken.

10:00 Wohnzimmer

Namen gewählt! The Style Tiger = IT. Grrrr.

12:00 In der Küche

Mit einem roten M&M auf der Nase (ja, das kann ich!) einen *très* coolio-chic-Blog gemacht. Er ist nur noch ziemlich leer.

Jetzt muss ich zu Jada!

18:00 Wieder zu Hause!

Jada hat ein sehr hübsches Zimmer. Ihre Familie stammt aus Ghana, aber Jada ist total verrückt auf Bollywood. Über ihrem Bett hängen überall Bollywood-Filmposter, einfach göttlich! Sie hat auch ziemlich witzige Musik, mit einer Menge Flöten. Das klingt ungefähr so: *dheeeen dheren kabakushki kabakushki bholi bholi jaana jaana lalala*. Das hat ganz schön *Beat*, Jada fing sofort an, wie verrückt zu swingen. Ich nenne sie jetzt Bolly.

»Was hast du gestern gemacht?«, fragte sie.

Ich hatte große Lust, ihr von Alicia und dem Laden zu erzählen. Und von dem Schaufenster mit den Korsetts. Und von meinem neuen Blog. »Oh, ich bin nur kurz mit meinem Opa auf dem Markt gewesen, nichts Besonderes. Und du?«

»Ich hatte einen Tanzwettbewerb.« Jada nahm ihr Handy und zeigte mir einige Aufnahmen. Sie macht Bauchtanz und auf den Fotos sieht sie unglaublich schön aus. Beim Wettbewerb trug sie ein Outfit in Knallorange; die Farbe passte super zu ihrer braunen Haut.

»Guck, das ist mein Tanzröckchen.« Sie hielt sich einen orangefarbenen Stoff mit goldenen Münzen vor und bewegte ihren Bauch wieder im Rhythmus der Flöten.

Ich musste mich ganz schön anstrengen, den Rock als Tanzröckchen zu betrachten, ich sah sofort Dior, Galliano und Saint Laurent Paris vor mir. Weiß gepuderte Gesichter mit fluoreszierend grünen Wangen. Ketten mit klingelnden Glöckchen. Hellblaue Strümpfe und kaugummirosa Absätze. Bauchtanzröckchenliebe auf den ersten Blick. »Hast du noch mehr Tanz-Outfits?«, fragte ich möglichst gelassen.

Jada kippte ihre Sporttasche aus und ich flog fast an die Decke! Von wegen zerknautschte Sporthose und abgelatschte Turnschuhe – auf dem Boden lag ein ganzer Berg lässiger Haremshosen, Bolerojäckchen, Haarbänder, Glitzertops und eine Make-up-Box mit mindestens 50 Lidschattenfarben. Zuerst hob ich die blaue Haremshose vom Boden auf. Designerin Sonia Rykiel hat auch solche Hosen in ihrer Kollektion, aber aus Samt. Sie kombiniert sie mit engen Wollpullovern und Schuhen mit Plateausohlen. »Die musst du am Schulfest anziehen, mit einem Rockshirt und bunten Absätzen. Und eine Baskenmütze! Ich habe eine ganz schicke aus Paris, die kann ich dir gern leihen.«

»Yeah, riiiiight.« Jada sah mich zweifelnd an und wedelte mit ihren violett lackierten Fingernägeln.

Ich wollte mein Telefon zücken, um ein Foto von Sonia Rykiel zu suchen, aber Jada war offensichtlich kein Fan meines Kleidungsstils. Also holte ich stattdessen unser Klassenfoto hervor. So hatten wir auch gleich Gesprächsstoff. Das finde ich nämlich immer etwas mühsam, wenn ich jemanden noch nicht so gut kenne.

Jada stürzte sich gleich auf die Jungs. »Na, was meinst du? Wer sieht am besten aus?«

Ich zögerte, schließlich wollte ich keinen nennen, den Jada auch gut fand. »Ferry.«

»Stimmt, er hat schöne Augen«, sagte Jada und nickte.

»Und schöne Haare.« Mir gefällt vor allem, dass er so nett ist, aber ich war mir nicht sicher, ob es nicht etwas blöd wäre, das zu sagen.

Jada hat richtig viele Fotos von uns gemacht und die haben wir dann gleich auf Facebook gestellt. Darüber war ich ziemlich froh, denn so ohne Fotos ist ein FB-Profil ganz schön öde.

Kurz bevor ich ging, nahm Jada zwei Glückskekse und gab mir einen. Wir sollten die Kekse gleichzeitig öffnen und danach, ohne zu gucken, den Zettel in einen Briefumschlag stecken. Den Umschlag hat Jada zugeklebt und mit einem Hello-Kitty-Sticker versiegelt. Wir haben vereinbart, den Umschlag am letzten Schultag des Jahres zu öffnen und nachzusehen, ob der Spruch in Erfüllung gegangen ist.

Ich frage mich die ganze Zeit, was wohl auf meinem Glückskekszettel steht:

YOU WILL BE LUCKY IN LOVE
YOU WILL BE A GREAT KISSER
YOU WILL MARRY BRUNO (oder Ferry oder Harry Styles)
YOU WILL BE A STYLE ICON (bye-bye, Kate, haha)

19:00 In meinem Zimmer

Woah! Mein erster Blogbeitrag ist auf *The Style Tiger!* Ich habe etwas herumgepuzzelt, aber es ist ziemlich leicht. Man muss einfach rumprobieren, alles anklicken und gucken, was passiert. Der Titel meines ersten Posts ist: Style Tiger rocks Bollywood Yeah Yeah Yeah. Auf dem Foto trage ich Jadas Haremshose mit einem AC/DC-T-Shirt von Papa (AC/DC ist eine alte Rockband). Ich habe Jada gesagt, ich wollte mir die Hose mal kurz ausleihen, um vor meinem Spiegel Bauchtanz zu üben. *Als würde ich jemals …*

Ich habe meinen Schrank ein Stück zur Seite gerückt, damit ich eine große weiße Wandfläche habe, vor der ich posieren kann. Mit fluoreszierendem Deko-Klebeband habe ich ganz groß THE STYLE TIGER auf die Wand geklebt. Soeben einen Link in mein Lookbook eingestellt. Aber um weltberühmt zu werden, braucht man mehr Besucher.

Mama ist zu Hause, ich gehe essen!

21:00 Im Bett mit Laptop

Meinem Lieblingsblog *The Digitalistas* eine Nachricht geschickt und gefragt, wie ich an neue Besucher komme.

Bonne nuit!

SchoolStyle

Montag, 2. September

07:10 Im Bett

Keiner hat meinen Blog besucht.

0 BESUCHER

0 VIEWS

0 REAKTIONEN

Auch keine Reaktion von *The Digitalistas*. Die haben natürlich Wichtigeres zu tun:

- Tickets nach New York buchen
- Mails von Marc Jacobs beantworten
- Mit dem Zug nach Paris fahren
- In lässigen Klamotten posieren
- WhatsApp-Nachrichten an ihre Freunde in Mailand schicken
- Mittagessen in Sternerestaurants mit ihren Modefreundinnen

– The American Bookstore leerkaufen –
für neue Anregungen
Ich will auch eine berühmte Modebloggerin sein!

08:00 Frühstücken

Habe ein dunkelblaues T-Shirt und eine Jeans an. Ich würde viel lieber in Jadas blauer Haremshose zur Schule gehen. Und mein Bauch fühlt sich komisch an, ich bin immer noch leicht nervös.

Aber zum Glück habe ich Jada. Nur hat die in der großen Pause eine Redaktionssitzung der Schülerzeitung. Was soll ich dann um Himmels willen ganz allein machen?

Vielleicht sehe ich ja Bruno heute wieder. Und vielleicht sagt er mir sogar Guten Tag oder wir schwatzen ein wenig. Wer weiß, vielleicht prallen wir in der Kantine heftig zusammen und ich gehe zu Boden. Dann muss er mir aufhelfen und ganz lieb sagen, wie sehr es ihm leidtut. Oder vielleicht auch nicht. Jetzt überprüfe ich zum sechsten Mal, ob ich auch nichts vergessen habe.

Biobuch: Check!
Französisch: Check!
Englisch: Check!
Geodreieck: Check!
Taschenrechner: Check!
Mäppchen: Check!

11:10 Biologie

Bio! Wir müssen den Querschnitt eines Blatts zeichnen, also habe ich mein Tagebuch in mein Heft gelegt. So wirke ich wenigstens, als würde ich eifrig mitarbeiten. Jada passt natürlich unheimlich gut auf, wie langweilig. Aber sie will später auch Ärztin werden und Ärzte müssen ihrer Meinung nach alles über Biologie wissen. Ich frage mich bloß, warum sie glaubt, Ärzte müssten auch wissen, wie man ein Blatt zeichnet. Die erste Stunde war ungeheuer nervig. Amanda hatte gerade gehört, dass sie zu den Feastgirlz ins Festkomitee gewählt worden war. Sie trug einen rosafarbenen Kapuzenpulli mit der Aufschrift FESTSCHLUMPF. Die Friseurakademie hing gebannt an ihren Lippen. Ich schnappte auf, dass sie am Samstag vom Festkomitee und allen ehemaligen Mitgliedern entführt worden war. Offenbar war die Schauspielerin Liza Sips früher auch mal bei den Feastgirlz gewesen und das fand Feastgirlz-Kit Amanda natürlich sehr interessant. Sie nennt sie Lizzy und tut, als würde sie schon voll dazugehören. Das Festkomitee hat auch ein eigenes Lied, aber das darf man nur singen, wenn man offiziell dazugehört. Deshalb summt Amanda es auch die ganze Zeit, um allen klarzumachen, dass sie es schon kennt. Die offizielle Amtseinführung findet dann nach dem ersten Schulfest statt, während einer Übernachtung bei Guru-Feastgirl Felice. Amanda tat übertrieben geheimnisvoll zum Thema des ersten Schulfests, das bislang nur dem Festkomitee bekannt ist. Außerdem warf sie ständig einen schiefen Blick auf meine Klamotten. Zum Glück trug ich die neue Jeans. Heute

Morgen hatte ich mir mit dem Lockenstab meiner Mutter die Haare geglättet, bis auf eine Locke, die habe ich ein bisschen schräg gekämmt. Am Ende der Stunde ging Amanda zu Ferrys Tisch und rief: »Fühl doch mal, wie unglaublich weich dieser Pulli ist! Das ist echt mein Lieblingsstück. Hast du denn am Wochenende noch ein Tor geschossen?«

Zum Glück schaute Ferry sie an, als hätte sie einen Pulli von Feyenoord Rotterdam an, mit dazu passenden Socken. Für einen Spieler von Ajax sind die Farben des Erzfeindes natürlich ein absolutes No-Go.

Bruno habe ich nicht gesehen.

11:30 Biologie

Mein Bioheft ist jetzt voller Kleider. Eigentlich passt da keine Blattzeichnung mehr dazwischen. Vielleicht kann ich ja grüne Blätter auf ein Kleid zeichnen, ein Adam-und-Eva-Kostüm.

11:40 Biologie

Streifenkleid mit zwei violetten Blättern auf den Brüsten gezeichnet. Jetzt noch ein Feigenbäumchen dazu. Herr Buitenwijk kam an jedem Tisch vorbei und musste grinsen, als er mein Heft sah. »Sehr schön, Coco, du hast großes biologisches Talent.«

14:00 Kantine

Freistunde, ich sitze gerade mit Jada in der Kantine. Wir langweilen uns zu Tode. Jada zeichnet allen Männern in unserem

Englischbuch Schnurrbärte und ich verpasse ihnen eine neue Frisur. Die Feastgirlz und die Friseurakademie sitzen bei Ferry und den anderen Jungs. Sie lachen die ganze Zeit übertrieben blöde über alles, was Ferry sagt. Amanda hat ihre Haare gelöst und lehnt sich in ihrem Schlumpfpulli an Ferry. Sie verwuschelt ihm die ganze Zeit die Haare, und dann macht sie auch noch ständig Fotos. So was von nervig! Und echt dämlich! Ich kapiere nicht, wieso Ferry bei diesem lächerlichen Getue mitmacht. Ich meine, es kommt doch kein normales Wort aus ihrem Mund!

Die große Pause war eigentlich ganz okay, auch wenn ich erst keine Ahnung hatte, was ich alleine machen sollte. Also bin ich mal ausgiebig aufs Klo gegangen. Danach habe ich lange in meiner Tasche herumgekramt, weil ich angeblich was suchte. Und in der Warteschlange bei den Pausensnacks habe ich alle vorgelassen, damit die Zeit schneller vergehen würde. Nachdem ich dann endlich doch noch einen Tee und einen gefüllten runden Kuchen gekauft hatte, lief ich an den Tischen vorbei und tat so, als würde ich den Tisch, an dem Ferry saß, nicht sehen. Aber er rief MEINEN NAMEN. Und er schob einen Stuhl zurück, damit ich mich dazusetzen konnte. Das Gespräch drehte sich nur um Fußball. Siem hatte vier Tore geschossen und Bobby hatte einen ekligen Tritt abbekommen, weswegen sein Schienbein jetzt ganz blau ist. Ich fühlte mich wie ein Filzpüppchen mit zugenähtem Mund. Aber ich war froh, überhaupt irgendwo dabei zu sein.

Am Tisch neben uns saß ein Mädchen mit einem sehr witzigen Modestil. Sie war mir schon früher aufgefallen. Ihre Haare sind lang und wirr und sie trägt öfter mal einen Maxirock und Blockabsätze. Während ich ihre hellrosa Schuhe studierte, überlegte ich mir, wie gut ihr rosa Lippen stehen würden. Und mit einem Gürtel um die Taille hätte das Kleid noch mehr Form. Eine Basecap und auffällige Sneakers dazu – und ihr Outfit bekäme einen ganz anderen Dreh. Plötzlich dachte ich an die Schülerzeitung. Wie klasse wäre es, wenn es auch eine Moderubrik gäbe? Mit Fotos von den Schülern und unzähligen Modetipps dazu, genau wie im *Mode Magazine*. Den Rest der Pause habe ich also damit verbracht, mir Schüler für die Rubrik auszusuchen. Mein Handy ist jetzt voller Outfits.

Ich frage mich, an wen ich meine Idee für die Schülerzeitung schicken soll. Aber wenn ich meinen Namen dazuschreibe, will es wahrscheinlich sowieso keiner lesen. Ich sehe Amandas gemeines Grinsen schon vor mir, wenn sie meinen Namen über einer Moderubrik sieht. Aber in der Ausgabe, die ich am Tag der offenen Tür bekommen habe, steht bei der Problemrubrik eine E-Mail-Adresse. Vielleicht kann ich meine Idee dorthin mailen?

18:00 À la maison

Zu Hause. Erst mal zehn Minuten in den Spiegel geschaut.

Ich glaube, ich sehe ziemlich normal aus. Nur meine Frisur ist ein wenig platt. Meine Hände zittern. Und wenn ich lache, wird meine Nase schief. Hoffentlich hat Bruno das nicht gesehen. Ich bin nämlich gerade zusammen mit Bruno nach Hause geradelt! Whaaaaaaa.

Es war um vier Uhr, kurz nach Schulschluss. Im Fahrradschuppen standen nur noch ein paar Räder. Gerade als ich mein Kettenschloss abmachte, kam Bruno rein. Vor lauter Schreck ließ ich sogar das Schloss fallen.

»Hallo, du bist doch eine Freundin von Jada, oder?«, fragte Bruno. Er sah echt gut aus. Die blaue Farbe seiner Filzcap passte super zu den Karos auf seinem Holzfällerhemd, so einem Teil aus dickem Flanell, das man auch als Jacke anziehen kann. Er hatte einen Schal mit schwarz-beigen Streifen und einen Kopfhörer mit Military-Print um den Hals. Dazu die Turnschuhe mit den Spritzern. Sofort war ich wieder im Filzpüppchenmodus mit zugeschnürtem Mund. »Joooaaa«, murmelte ich als Antwort.

»Ich bin Bruno von der Schülerzeitung.« Er schüttelte sich lässig die Haare aus dem Gesicht.

»Coco«, sagte ich. Jetzt wusste ich nicht, was ich tun sollte. Mein Rad war schon aufgeschlossen und ich hatte bereits die Kette um den Lenker gehängt. Eigentlich wollte ich gerade losfahren. Aber stattdessen stand ich jetzt ganz allein mit Bruno Terim im Fahrradschuppen. Und natürlich wusste ich nicht, ob ich meine Hand ausstrecken sollte. Aber das war meine Chance, mit ihm zu reden!

Bruno streckte selbst die Hand aus. »In welche Richtung fährst du?«

»Johordaan.« Meine Stimme kippte.

»Dann fahre ich bis zur Marnixstraat mit dir.«

»Okay.« Erst machte mein Herz einen Satz, aber danach dachte ich: Shit, verflixter. Das sind zehn Minuten mit dem Rad! Was soll ich denn bloß mit ihm reden? Ich fuhr sehr ungeschickt vom Schulhof. Die ganze Zeit musste ich darüber nachdenken, wie ich fahren sollte. Und klar konnte ich es plötzlich nicht mehr.

Wir fuhren in den Vondelpark. Es war ziemlich still dort. Und ich wusste überhaupt nicht, was ich sagen sollte. Meistens ist das ein guter Zeitpunkt, um übers Wetter zu reden. Aber über dieses Wetter konnte man echt überhaupt nichts sagen: Keine Sonne, kein Regen, es war nicht kalt, nicht warm, es wehte kein Wind und ich sah auch keine hübschen Wolken. »Eigentlich haben wir ein Wetter, über das man nichts sagen kann«, rutschte mir aus Versehen raus.

Offenbar hielt Bruno das auch für eine ziemlich dumme Bemerkung von mir, denn er musste lachen. Zwar nur ein bisschen, aber innerlich kriegte er sich wahrscheinlich gar nicht mehr ein! Ich musste auch lachen. Aber nicht, weil ich es komisch fand, sondern vor lauter Stress. Für den Weg am Blauen Teehaus vorbei brauche ich normalerweise eine Minute, aber jetzt kam es mir doch sehr lang vor. Ich versuchte, etwas zu beschleunigen. In dem Moment entdeckte ich zum Glück einen Wellensittich. Der Vondelpark ist voller Halsbandsittiche. Ich sehe sie jeden Tag, nichts Besonderes also, aber ich rief: »Schau nur, dort drüben sitzt ein total fetter Halsbandsittich!«

Bruno nickte.

Ein bisschen über Vögel zu reden, brachte auch überhaupt nichts. Gerade, als ich mich damit abgefunden hatte, dass dieser kleine Fahrradausflug wohl völlig in die Hose gegangen war, fragte Bruno nach Alicias Laden.

»Der Laden, vor dem ich dich neulich sah – arbeitest du dort?«

»Der gehört meiner Tante«, erfand ich.

»Magst du Mode?«, fragte Bruno.

»Hmmmm.« Ich zuckte lässig mit den Schultern.

»Meine Mutter ist Stylistin.«

»Mein Vater entwirft WC-Brillen.«

Bruno sah mich leicht irritiert an. Bestimmt denkt er jetzt, ich sei ein seltsames Mädchen, ein Freak. Heimlich betrachtete ich seine Augen. Er hat lange pechschwarze Wimpern – als wären sie mit einer Wimpernzange bearbeitet worden.

»Ich fand deine Micky-Maus-Ohren echt witzig.« Seine Stimme kippte. Wahrscheinlich, weil er das natürlich überhaupt nicht ernst meinte.

An der Rozengracht sah ich meine Chance, ihm zu entkommen. Ich rief ganz laut: »Tschühüss!« und sauste um die Ecke.

Eigentlich war es durchaus schön, mit ihm nach Hause zu radeln. Ich hätte bloß ein paar nette Sachen sagen müssen. Etwas Schlaues. Und mehr lächeln. Das war meine Chance gewesen, ihn zu beeindrucken. Aber totaler Fail. Er war bestimmt froh, dass ich früher abgebogen bin.

19:00 Auf dem Sofa

Tippe gerade meine Kolumne für die Schülerzeitung. In Word habe ich drei Seiten gefüllt. Über dem Artikel steht in dicken Buchstaben SchoolStyle. Habe die Mädchen gleich auf Facebook gesucht. Das Hippiemädchen heißt Zara – der Name passt ausgezeichnet zu ihrem Stil. Ich habe nachgeschaut, was sie alles geliked hat. Es sind eine Menge Blogs darunter, die mir auch gefallen, wie *Facehunter, This chick's got style* und *Fifi Lapin*. Sie hatte auch ein paar englische Sachen dabeistehen, die habe ich jetzt auch geliked.

Die beiden anderen Mädchen sind Amani und Gita. Amani trägt eine Hose von Divided mit einem sehr auffälligen Print und ein blaues T-Shirt. So eine Hose kann man auch ganz Versace tragen, also auch mit Print auf dem T-Shirt. Gita trägt ein sehr hübsches *little black dress*. Ich musste sofort an Textilfarbe denken. Mit gelber Farbe kann man dann sogar Leopardenflecken darauf anbringen und schon hat man ein *little black* Marc Jacobs.

Fotos von meinem Tee aus frischer Minze auf Facebook gestellt.

19:15 Auf dem Sofa

Keine Likes, keiner mag meinen Tee.

Auch keine Freundschaftsanfrage von Bruno. Ich habe mir gerade noch sein Profil angeschaut – hoffentlich sieht er das nicht!

Grunge

Grunge ist ein Comfy-Stil, groß geworden durch den »Guru« des Grunge, Marc Jacobs. Dieser Stil ist in der Musikszene entstanden. In den Neunzigern war der Grunge-Stil ein großer Hit. Und auch für den Winter 2013 stand Grunge wieder auf dem Modemenü.

Kombiniere einfach verschiedene Prints: Karos, Streifen, Punkte, Blumen und ziehe viele Lagen übereinander. Holzfällerhemd: CHECK! (Zum Beispiel auf dem Markt ein viel zu weites Karohemd für Männer kaufen.)

Suche ein altes Rock-T-Shirt von Bands wie Nirvana und AC/DC.

Trage eine Wollmütze, die Haare sollten schön unordentlich darunter hervorschauen.

Ein auffälliges Vintage-Accessoire oder Micky-Maus-Ohren runden diesen Stil perfekt ab!

19:30 In meinem Zimmer

Meine SchoolStyle-Rubrik ist fast fertig. Das macht total Spaß! Kennst du Carrie aus der Fernsehserie *Sex and the City?* Die hockt mit dem Laptop immer in ihrem Zimmer in New York und schreibt an ihrer Kolumne. So fühle ich mich auch gerade.

Ich habe meine Weihnachtslichterkette an und Musik von Lana del Rey aufgelegt. Wie toll wäre es doch, ein schnuckeliges Zimmer in New York zu haben … mit Aussicht auf Spring Street oder Central Park …

Zara habe ich Urban Hippie genannt; Flower-Power-Mädchen meets Rihanna. Meine Tipps mit den Sneakern, einer Baseballcap und einer großen goldenen Modekitschkette habe ich auch dazugesetzt.

Zur Hose von Armani habe ich bei Asos drei T-Shirts mit auffälligen Prints gefunden; Streifen, Blumen und eine Art Indianer-Print. Ein Paar Socken im Leopardenlook habe ich auch gleich dazugeklebt.

Gita habe ich Little Miss Jacobs genannt. Auf Style.com habe ich ein Kleid mit Leoparden Print von Marc Jacobs gefunden. Dazu habe ich Tipps gegeben, wie man so ein Kleid schön *grunge* tragen kann, mit einem Holzfällerhemd, einer Wollmütze und ein paar grob gestrickten Socken in hochhackigen Schuhen. Und daneben habe ich noch ein Töpfchen neongelber Textilfarbe dazugemalt.

Alle Outfits habe ich mit Sternen versehen. Fünf für Zara, vier für die anderen Mädchen.

Ich war total happy, als ich fertig war.

20:30 In meinem Zimmer

Zwischenstand meines Blogs:

0 Besucher

0 Views

0 Reaktionen

Das wird also ein ganz großer Erfolg.

Nächste Woche um diese Zeit sitze ich bestimmt schon längst in New York und die Woche danach mit Jean Paul Gaultier beim Tee in Paris.

Was echt ein toller Plan ist, für morgen kein Bio, Mathe und Englisch zu lernen.

Aaaaiiiigrrrrh.

21:15 In meinem Zimmer

Impressum von *ELLE*, *Marie Claire*, *Glamour*, *Vogue* und *CosmoGIRL!* durchsucht. Nirgends eine Stylistin mit dem Nachnamen Terim. Ich frage mich, für welche Zeitschrift Brunos Mutter genau arbeitet. Terim ist meiner Ansicht nach ein türkischer Nachname. Vielleicht ist sie ja Chefredakteurin von *Vogue Turkey*. Oder sie hat einen anderen Namen.

21:30 Im Bett

Habe von einer geheimen E-Mail-Adresse aus meine Rubrik an die Schülerzeitung gemailt.

Ob Bruno wohl selbst meine Mail liest? Es war echt schön, heute nach der Schule zusammen nach Hause zu radeln …

und sorry, dass ich gerade etwas schwärme! Ich wollte schon fast Alles Liebe, Küsschen und *bisous* dazusetzen. Das habe ich dann aber doch nicht gemacht. Denn dadurch weiß er natürlich sofort, dass ich es bin.

Und wer weiß, wer die Mail alles liest, vielleicht wird die Redaktionsmailbox ja auch vom Rektor zensiert. Oder von Frau Vergeer.

Ich muss unbedingt eine Liste machen mit ganz vielen Dingen, über die ich dann beim nächsten Mal mit Bruno reden kann.

22:15 Im Bett

Keine Freundschaftsanfrage von Bruno bekommen. Ich werde jetzt schlafen.

Mittwoch, 4. September

15:45

Allein mit dem Rad nach Hause gefahren.

20:00

Nichts von der Schülerzeitung gehört. Hat ihnen bestimmt nicht gefallen.

Donnerstag, 5. September

14:15 Schulklo

Habe versucht, Jada über die Schülerzeitung auszuhorchen.

Ich: **Sind denn noch schöne Sachen bei der Schülerzeitung eingegangen?**

Jada: **Ja.**

Ich: **Was denn zum Beispiel?**

Jada: **Was halt so in eine Schülerzeitung gehört.**

Ich: **Aber worum geht es da so?**

Jada: **Um Schule.**

Ich: **Was kommt denn da rein über Schule?**

Jada: **So Sachen eben.**

Daraus wird echt keiner schlau.

16:00 Küche

Allein mit dem Fahrrad nach Hause gefahren. Ich hatte noch fünf Minuten so getan, als bekäme ich mein Schloss nicht auf, habe meine Schnürsenkel neu gebunden, drei Schichten Labello aufgetragen, mein Telefon gecheckt. Mein Handy neu gestartet, den Wetterbericht angeschaut und sogar meine Tweets zehnmal gelesen. Aber danach fiel mir einfach nichts mehr ein und ich bin ganz allein aus dem Fahrradschuppen gefahren.

16:15 Wohnzimmer

OMG, das Mädel von *The Digitalistas* hat geantwortet.

Hi Modetiger! ☺

Sorry, dass ich dir jetzt erst antworte, aber ich war ein paar Tage in Berlin.
Wie schön, dass du auch einen eigenen Modeblog hast.
Herzlichen Glückwunsch!
Und was für einen superwitzigen Stil du hast!!

Hier sind ein paar Tipps:

- Reagiere oft auf andere Blogs und verlinke deinen eigenen Blog. Du solltest nur nicht dazuschreiben: »Schaut euch mal meinen Blog an«, »Ich habe auch einen Blog«, »Klickt meinen Blog an«, oder so ähnlich, mit ganz vielen Ausrufezeichen dahinter, denn das ist total nervig.
- Suche dir ein paar Blogs von anderen Mädels heraus, die auch gerade erst angefangen haben. Frage sie, ob sie einen Link zu deinem Blog posten können, und mach das umgekehrt auch mit ihrem. Oder teile einfach sofort einen Blog, der dir gefällt, und benachrichtige die Bloggerin, dass du das gemacht hast. Nicht quengeln oder sauer und beleidigt sein, wenn trotzdem keiner deinen Blog teilt.
- Verwende in deinen Artikeln und in der Artikelüberschrift

viele Labels. Das ist dann praktisch für Google. Zum Beispiel:

STREIFEN IM STIL VON JEAN PAUL GAULTIER

JEANSSHORTS VON H&M

KLEIDCHEN VON ZARA

Google kann aber keine Bilder anschauen. Du musst also auch beschreiben, was auf deinen Fotos zu sehen ist.

- Sage nie: AUF DIESEM FOTO IST, sondern schreib eher etwas wie zum Beispiel: Heute bin ich in Karo-Laune!
- Verwende viele Fotos und wenig Text. Die Leute schauen sich gerne Bilder an!
- Stelle deinen Lesern viele Fragen, dann reagieren sie schneller. Zum Beispiel:

  Was ziehst du zu einem Fest an?

  Wie trägst du deine Jeans am liebsten?

  Was sind deine Lieblingsschuhe?

  Wer ist deine Stilikone?

  Etc.
- Beantworte alle Nachrichten deiner Leser und bedanke dich bei ihnen für ihre netten Reaktionen!

  Oh ja: Sehr negative Nachrichten ignoriere ich einfach, aber ich entferne sie nicht. Nur wenn jemand richtig schimpft, lösche ich das. Zum Glück passiert so was aber fast nie ☺
- Hast du denn schon einen Twitteraccount für deinen Blog? Kommentiere die Nachrichten anderer Blogger und teile auch mal Tweets, die dir gefallen. So baust du eine

Beziehung zu deinen Followern und anderen Bloggern auf. Und dann reagieren sie vielleicht auch einmal auf dich.
- Ganz wichtig: Bleib immer du selbst! Imitiere keine anderen Blogger, sondern halte an deinem eigenen Stil fest.

Ich habe *The Style Tiger* gleich zu meinen Links gesetzt ☺

Viel Erfolg!
Grüße, Karine

Hoffentlich findet sie nicht, dass ich sie imitiere. Ich frage mich auch, was sie mit superwitzig meint. Vielleicht, dass ich total idiotisch aussehe? Womöglich liegt sie sogar bei jedem Foto vor Lachen unter dem Tisch, wie der Rottweiler.

Ich hoffe echt, dass sie mich nicht dumm findet.

Meine eigenen Gedanken machen mich noch total verrückt! Aaarrrgggggh.

20:25

Liebe Coco,

Karine hat dir eine sehr lange Mail geschickt.
Sie sagt, dass sie deinen Stil superwitzig findet.
Mit zwei Ausrufezeichen dahinter. Außerdem hat
sie The Style Tiger auf ihren Blog verlinkt.
Ich glaube nicht, dass sie dich dumm findet!

Alles Liebe,
Coco.

Freitag, 6. September

15:30 Zu Hause

Jada und ich gehen am Sonntag zum Sunday Market! Das ist ein total schöner Markt im Westerpark. Dort gibt es jede Menge Stände, die allerlei Sachen verkaufen, wie etwa Armbänder und ganz leckeren Kuchen und Brötchen. Meine Mutter fand es klasse, dass ich mit einer neuen Freundin loszog; deswegen hat sie mir sogar einen Zehner gegeben. Von Opa gab es dann auch noch einen Zehner. Morgen muss Jada in der Schule bei der Schülerzeitung helfen. Die nächste Ausgabe erscheint schon am Montag!

16:00 Wohnzimmer

Immer noch keine Neuigkeiten von der Schülerzeitung. Meine Rubrik ist wohl nicht gut angekommen.

Vielleicht sollte ich lieber eine Rubrik über Erdnüsse mit Schalen oder eine über Gesichtswurst anfangen. Oder über Gedächtnistraining.

Sonntag, 8. September

18:30 Wohnzimmer

Gerade zurück vom Sunday Market. Das war total witzig! Erst haben wir uns halb krank gegessen. Zuerst ein Stück Oreo-Kuchen. Danach ein Spritzgebäck in Schnurrbartform. Und dann noch ein Stück Wassermelone. Unglaublich lecker! Es gab auch so was wie eine Obstbar. Jada fand die Jungs, die hinter der Theke standen, besonders hübsch. Also haben wir widerwillig ein knallgrünes Getränk aus Grashalmen und Ingwer bei ihnen getrunken. Ich hätte fast gekotzt! Jada tat natürlich höchst interessiert und stellte zig Fragen über Grashalme, was ich ziemlich beeindruckend fand. Ich meine, ich labere normalerweise ausschließlich kompletten Unsinn, wenn Jungs in der Nähe sind. Und manchmal habe ich noch Glück, denn da bringe ich gar kein Wort raus. Kein Wunder also, dass Jada bei der Schülerzeitung ist. Sie sollte später lieber Journalistin werden und nicht Ärztin. Nach vier Gläsern von diesem schmierigen Getränk hatten wir ganz grüne Zungen. So allmählich wurde mir doch etwas mulmig – vielleicht war Jada beim Küssen auch so routiniert? Und wer weiß, vielleicht würde sie noch mit einem der Grashalme, ich meine natürlich Jungs, rumknutschen, während ich danebenstand. Was macht man denn dann? Zuschauen? Oder sich wegdrehen? Wie unangenehm ist das denn?

»Mit so einer Alien-Zunge kann man doch nicht küssen, Jada.« Schnell und leicht panisch zog ich sie an der Jacke von den Jungs weg. Zum Glück kam sie mit!

Vor einem Schmuckstand hingen lauter Ketten mit bunten M&Ms dran. Supermegacool! Ich habe für Jada eine mit einem blauen M&M gekauft und sie eine grüne für mich. An einem anderen Stand haben wir noch Buttons gebastelt. In einem Behälter lagen ganz viele kleine Farbbildchen, so niedlich! Ich habe dann auf einem Smiley-Bild Jadas schwarze Zöpfe nachgemalt und noch ein Bauchtanzröckchen daruntergezeichnet. Mit violettem Stift habe ich dazugeschrieben: I LOVE MY BFF BOLLY! ☺ Jada hat eine Prinzessin gewählt, der sie rote Haare verpasste und einen rosa Rock. Mit dem Text: I LOVE MY BFF COCOCOCO! Wir haben uns die Buttons an die Jacken geheftet. Jada hat auch noch eine ganz witzige Schlafmaske gekauft, die sieht aus wie ein Panda mit einem Maki-Sushi auf dem Kopf. Wir haben jetzt beide ein Foto mit Maske und einem Schnurrbartkeks als Profilfoto auf Facebook.

Jada war so unglaublich verliebt in ihren Sushi-Panda, dass sie ihn den ganzen Nachmittag als Haarband getragen hat. LOL.

Hinter einem Crêpe-Wagen entdeckte ich einen silbernen Autobus voller alter Ballkleider. Davor waren lange Kleiderstangen mit Vintage-Klamotten und daneben ein Berg hochhackiger Schuhe. Ich stürzte mich sofort auf ein Jäckchen, das in einem großen Angebotskoffer lag. Das war ganz Galliano mit einem Schuss Valentino. Ich musste gleich an die hellblaue Perücke mit einem Kurzbob-Schnitt denken, die ich aus einer der Galliano-Shows kannte. Die passte bestimmt perfekt zur violetten Jacke. Dazu noch ein weiß gepudertes Gesicht und violette Lippen. Alicia hat im Laden ein Buch mit Backstagefotos von den Dior-Shows, für die Galliano als Chefdesigner arbeitete.

»Das ist Handarbeit«, sagte die Verkäuferin.

Haute Couture! Und das einfach so auf einem Sonntagsmarkt. Ich musste die Jacke unbedingt haben!

Jada kam auf giftgrünen Clogs mit Absätzen an. Sie hatte ein orangefarbenes Kimonojäckchen angezogen und hielt eine gelbe Mütze in der Hand. Während sie die Mütze aufsetzte, schaute sie auf die violette Jacke. »Wow, zieh doch mal an«, gluckste sie. Vor lauter Lachen hatte sie schon Schluckauf bekommen.

Ich steckte die Arme in die Seidenärmel. So schön glatt! Die Ärmel waren mit hellrosa Spitze abgesetzt, wunderschön! Und der Ausschnitt war aus dunkelgrauem Samt.

»Was für ein brüllend komisches Teil!« Jada zückte schnell ihr Telefon, um ein Foto von uns zu machen.

Weil Jada so lachen musste, traute ich mich dann doch nicht, die Jacke zu kaufen.

Um fünf Uhr fuhren wir mit den Rädern wieder nach Hause zurück. An der Ecke der Westerstraat gab ich Jada drei dicke Abschiedsküsse. Ich wartete, bis sie außer Sicht war, und düste sofort zum Markt zurück, um das Jäckchen doch noch zu kaufen.

In zehn Minuten war ich wieder dort. Bei einigen Ständen wurde schon eingepackt. Schnell stellte ich mein Rad ab und rannte quer über den Platz zum Kleiderbus. Zum Glück hing noch alles dort. Schnell ging ich zum Koffer und durchwühlte die Kleidungsstücke, auf der Suche nach der Jacke. Doch plötzlich sah ich aus den Augenwinkeln eine junge Frau mit meiner Jacke! Sie stand ihr sehr gut und ich verliebte mich noch mehr in das Jäckchen. Die Frau stand vor dem Spiegel und betrachtete sich von allen Seiten.

»Sie ist ein bisschen zu groß.« Ich zeigte auf die Schulternähte, die so ungefähr auf Höhe ihrer Ellenbogen hingen. So was kann man leicht ändern – aber das sagte ich natürlich nicht dazu.

Ich sah, wie sie zögerte.

»Eine schöne Jacke, aber nicht so leicht zu kombinieren. Meine Mutter hat auch so eine und zieht sie nie an.«

Auf dieser Jacke steht mein Name, dachte ich sofort. Zieh sie aus, und zwar dalli.

Die Frau betrachtete ihren weiten Rock. So eine Jacke kombiniert man besser mit einer abgeschnittenen Jeans oder einer Leggings.

»Und die Farbe beißt sich auch ganz heftig mit den blonden

Haaren.« Ich überlegte, wie schön das Violett wohl zu meinen dunkelbraunen Haaren passen würde. Und dazu noch orangefarbenen Lippenstift ... Ich musste die Jacke haben! Da mischte sich auch noch die Verkäuferin ein. Zum Glück gab sie schlechte Tipps. Und dann kam sie wieder an mit dem ganzen Gerede über das Modeatelier und dass es sich bei der Jacke um wunderbare Handarbeit handelte.

»Da ist ein Faden aus dem Stoff gezogen«, sagte ich, sobald sie einen Moment still war. Das mag ich so an Vintage – es lebt! Ich überlegte, wer die Jacke wohl davor getragen hatte. Bestimmt ein Schauspieler in einem Kostümfilm.

Nach fünf endlosen Minuten des Zögerns zog die Frau die Jacke wieder aus. »Vielen Dank für deine Hilfe«, sagte sie zu mir. »Verkäuferinnen kann man nie trauen, du bist wenigstens ehrlich. Ich hänge sie zurück.«

Ha!

Schnell gab ich der Verkäuferin einen Zehner und steckte die Jacke in meine Tasche.

Das ist die allerschönste Jacke, die ich je hatte! Zu Hause habe ich sie sofort in einem Eimer mit Handwaschmittel eingeweicht und dann im Wollwaschprogramm gewaschen. Jetzt hängt sie zum Trocknen in der Sonne vor meinem Fenster. Sie riecht so schön nach Seife. Wenn ich morgen nach Hause komme, ändere ich gleich die Schultern. Eigentlich möchte ich sie gern mit einem großen Indianerschmuck kombinieren, aber den habe ich nicht. Daher fahre ich nach der Schule erst mal bei einem Stoff- und Kurzwarenladen im Zentrum vorbei und kaufe Federn. Die sticke ich dann auf ein hübsches Haarband. Sehr schade, dass ich nichts mit Bruno habe, sonst könnte ich mir sein Blondie-T-Shirt leihen. Und seine Kopfhörer. Der Royal-Rock-Indianer. Wuwuwu!

Halt, stopp, Modepolizei!

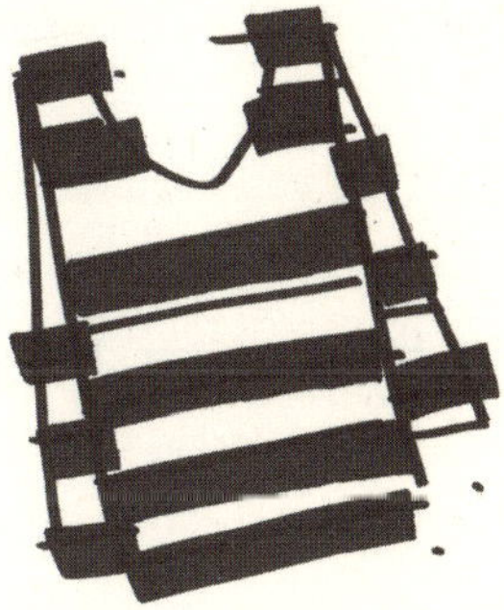

Montag, 9. September

10:50 Kleine Pause

OMG. Meine Kolumne ist der Hit der Schülerzeitung.

OMG. Sie haben sie »Die Modepolizei« genannt.

OMG. Sie haben lauter Sachen wie »Das geht echt nicht«, »Was für ein Fehlgriff« und »Fashion-Opfer« dazugeschrieben.

SchoolStyle: Die Modepolizei

Halt, stopp, Modepolizei! Unsere Fashionista hat es nicht nur geschafft, ihre Mähne zu föhnen und Schwung in die Wimpern zu bringen, sondern auch noch Zeit gefunden, Fashion-Opfer auf unserer Schule zu entdecken.

Zara**

Unser Hippiemädchen Zara liegt völlig daneben mit ihren Maxikleidern. Die Modepolizei bestraft sie deswegen auch als Erstes für ihren viel zu lieblichen Look. Der bereitet uns furchtbare Zahnschmerzen. Dieses Blumen-Outfit ist schon seit Jahren total out. Und dann noch rosa Blockabsätze? Thahaha!

Tipp von der Modepolizei:
Gönn deinem Hippiestil einen neuen Twist mit ein paar saloppen Sneakern. Zieh eine goldene Kette aus deinem Schmuckkästchen und mach dich auf die Suche nach einer auffälligen Basecap.

Amani*

Kann man mit der allerneusten It-Hose von H&M etwas falsch machen? Ja, kann man. Das beweist Amani. Ein Knöllchen von der Modepolizei! Deine langweiligen T-Shirts wollen wir nie wieder auf unserem Schulhof sehen.

Tipp von der Modepolizei:
Denk Versace! Entdecke deinen inneren Rebellen und kombiniere die Hose mit auffälligen Prints. Vervollständige den Look mit ein paar flotten Leopardensocken. Grrrr.

Gita**

Ein kleines Schwarzes ist hübsch, wenn man Audrey Hepburn heißt. Oder dreißig ist. Aber auf unserer Schule ist das alles andere als ein Hingucker. Schon gar nicht, wenn man dieses langweilige Kleid mit einer langweiligen schwarzen Leggings und noch langweiligeren Stiefeletten kombiniert. Nur gut, dass Marc Jacobs nicht vor dieser Klasse steht – er hätte dich geradewegs aus dem Raum geschickt. Bye-bye, Gita, streng bestraft im Namen der Mode.

Tipp der Modepolizei:
Verändere dein langweiliges kleines Schwarzes in einen kleinen Marc Jacobs. Mit ein paar Klecksen Textilfarbe bekommt dein Little Black Boring einen lässigen Leoparden-Print. Eine Wollmütze und dazu ein oversized Holzfällerhemd ... und schon ist es wunderbar grrrrunge. We like!

Meine Kolumne ist zu einer Rubrik mutiert, die alle blamiert. Zara hat plötzlich nur noch zwei Sterne, obwohl ich ihr fünf gegeben habe. Und alle Komplimente wurden gestrichen.

11:20 Englisch

Zweimal Englisch heute, weil Bio ausfällt. Bäh. In der Klasse wird eifrig darüber spekuliert, wer wohl hinter der Modepolizei steckt. Hauptverdächtige ist die Vorsitzende des Festkomitees. Ich schäme mich zu Tode, weil dank meiner Idee für eine Moderubrik jetzt so ein gemeiner Artikel in der Schülerzeitung steht. Amanda verkündete, sie würde gleich heute Mittag zu H&M gehen und sich die neue It-Hose holen.

»Wer hat das geschrieben?«, fragte ich Jada.

»Keine Ahnung, das ist ein anonymer Beitrag.«

»Wurde der genauso abgegeben?«

»Ich glaube schon.«

»Wer kümmert sich um die eingeschickten Texte?«

»Bruno?« Währenddessen kaute Jada auf ihrem chinesischen Pucca-Kaugummi herum und schaute durch das Fenster zu einer Gruppe Mädchen auf dem Flur. Für einen Augenblick fand ich sie ziemlich nervig. Vor allem, als sie auch noch eine Riesenblase produzierte. Sie kaut so viele dieser Kaugummis, dass ihr bestimmt bald zwei schwarze Pucca-Knäuel aus dem Kopf wachsen.

»Bist du sicher, dass es Bruno ist?«

»Keine Ahnung.«

»Du bist doch bei der Schülerzeitung!? Du musst doch auch wissen, wer das gemacht hat. Ihr habt doch ständig Sitzungen, worüber redet ihr denn dann?«

Jada steckte noch ein Stück Kaugummi in den Mund und schaute wieder zu den Mädchen auf dem Flur. »Guck dir mal Maike an. Ihr Ausschnitt sitzt so tief, dass ich ihr von hier aus auf den Nabel gucken kann.«

Aaaarrrggh.

11:55 Zimmer des Konrektors

Ich hasse Amanda. Kurz vor Ende der Stunde bekam ich einen Zettel zugeschoben. Das neue Feastgirl und ihre Freundinnen von der Friseurakademie grinsten schon die ganze Zeit so hinterhältig zu mir rüber. Ich faltete den Zettel auseinander. MODEPOLIZEI, stand in rosa Buchstaben darauf. Darunter hatten sie mich in dem rosa Kleid gezeichnet, das ich am ersten Schultag angehabt hatte. Meine Haare standen in stacheligem Orange ab und im Gesicht hatte ich eine rote Nase. »COCO DER CLOWN: NULL STERNE« stand dabei. Ich zeigte Amanda den Mittelfinger – und natürlich sah Vergeer das. Sie nannte es ein *very, very indecent* Verhalten und schickte mich sofort aus dem Unterricht. Jetzt sitze ich im Büro von Herrn Hulleman und soll über meine Sünden nachdenken. Er hat gesagt, ich soll aufschreiben, »warum ich es auf dieser gesitteten Schule für nötig gehalten habe, den Mittelfinger zu zeigen«.

Sehr geehrter Herr Hulleman,

ich habe Amanda den Mittelfinger gezeigt, weil sie ein gemeines Biest ist. Am ersten Schultag hat sie mich als Clown beschimpft, das würden Sie sich doch auch nicht gefallen lassen! Ich trug am ersten Schultag übrigens ein sehr hübsches rosafarbenes Kleid. Haben Sie je einen Clown in einem rosafarbenen Kleid gesehen? Genau das meine ich. Beim nächsten Mal zeige ich ihr zwei Mittelfinger.
Und ich strecke meine Zunge raus.
Ich würde auch noch gern ein paar Schimpfwörter dazu rufen wollen, aber das ist nicht so einfach mit ausgestreckter Zunge, versuchen Sie das mal!

Zum Schluss noch ein kleiner Modetipp. Bei der Farbe Ihres Oberhemds könnte man denken, es sei in Tee gewaschen worden. Sie sollten lieber ein blütenweißes Hemd anziehen oder eines mit einer eindeutigen Pfirsichfarbe. In Ihrem Fall würde ich mich für Weiß entscheiden. Mit einem hübschen schwarzen Sakko dazu, so richtig klassisch. Mein Vater hat eine alte LP von Johnny Cash, kennen Sie den Sänger? Er trug auch immer so schöne weiße Hemden, ich liebe diesen Stil.
Außerdem würde ich mir an Ihrer Stelle die Haare nicht färben. Das sieht komisch aus und alle machen Witze darüber.
Graue Haare sind total okay (sagt meine Mutter jedenfalls immer).

Tschühüss,
hochachtungsvoll,
Coco

Ich zerknüllte meinen Brief und schnippte den Papierball in den Mülleimer. Hat ja doch keinen Sinn, ehrlich zu sagen, dass ich Amanda den Mittelfinger gezeigt habe, weil sie mich als Clown beschimpft hat. Den Namen hat sich schließlich Vergeer ausgedacht. Und ein Lehrer hackt dem anderen kein Auge aus.

Sehr geehrter Herr Hulleman,

ich glaube, ich war ein wenig durcheinander. Die Heizung im Klassenraum war sehr hochgedreht und ich habe heute Nacht nicht so gut geschlafen.
Es tut mir leid, ich werde es nie wieder tun.

Grüße,
Coco

So, das hätten wir auch wieder.

12:45 Bushaltestelle

In meinem alten vertrauten Wartehäuschen. Der einzige Ort, an dem man ein wenig Ruhe hat. Hier gibt es keine lauernden Feastgirlz. Jada hat wieder eine Sitzung der Schülerzeitung, aber das ist okay. Herr Hulleman fand meinen Brief zwar ganz ordentlich, aber eine Strafe bekomme ich trotzdem. Nach der letzten Stunde muss ich mich beim Hausmeister melden und dann darf ich die Aula fegen. Bäh. Als hätte ich nichts Besseres zu tun!

Jada schickt mir gerade eine WhatsApp-Nachricht, dass die Modepolizeirubrik von Dagmar aus der Achten umgeschrieben worden ist. Wusste ich doch, dass Bruno das nicht war! Sie fragt auch, ob mich Herr Hulleman schon aus seinem Büro entlassen hat, und dass sie sofort kommen und mich retten würde, wenn das nicht der Fall sein sollte.

Gerade habe ich Gita gesehen. Sie hatte ihren Kapuzenpulli über ihr schwarzes Kleid gezogen. Am liebsten hätte ich ihr gesagt, dass ich das kleine Schwarze liebe. Dass ich nur zeigen wollte, dass man einem Kleid mit einem Topf Farbe ganz schnell einen anderen Twist geben kann. Aber dass das eigentlich gar nicht nötig ist, weil sie auch so total hübsch aussieht.

Shit, Ferry kommt mit dem Rad genau auf mich zu.

14:10 Französisch

Wieder aufgemuntert.

Kurz vor dem Wartehäuschen stieg Ferry auf die Bremse. »Spring hinten auf, Coconuts.«

Ich fragte ihn, was er vorhabe.

»Wir gehen was essen.«

Ich sprang auf sein Rad. Wegen der vielen kleinen Kieselsteine auf dem Weg fing das Rad ungeheuer an zu wackeln und ich rutschte fast vom Gepäckträger. Schnell schlang ich die Arme um seine Taille. Ich konnte seinen Bauch spüren, der ist echt total muskulös.

Der Lieblingsfilm meiner Mutter ist *Türkische Früchte*. Ich habe ein kleines Stück des Films gesehen, in dem Rutger Hauer (damals blutjung, gut aussehend und muskulös) mit Monique van de Ven (auch blutjung und unglaublich schön!) auf dem Gepäckträger durch Amsterdam fährt. Monique trägt einen Minirock mit knallgelber Strumpfhose und einen Schlapphut.

Es ist so eine fröhliche Szene. Ferry fuhr durch eine große Regenpfütze und ich fühlte mich wie Monique.

Bei der Snackbar bestellte Ferry zwei Krokettenbrötchen. Danach warf er einen Euro in den Flipperautomaten. Ich dachte an meine Eltern. Wie um Himmels willen konnten sie mitten in einer Snackbar stehen und knutschen? An einen Flipperautomaten gelehnt? Ferry knallte eine Kugel ins Spiel und kommentierte sie, als wäre er Reporter beim Sportstudio. Ich kriegte mich nicht mehr ein.

Jetzt haben wir Französisch und ich gluckse immer noch vor Lachen. Ich darf Ferry nicht mehr anschauen.

17:00 Zu Hause

Nach der letzten Stunde ging ich – ganz die brave Schülerin – zum Hausmeister, um einen Besen zu holen. Aus dem Büro des Konrektors tönte irre laut Johnny Cash. Auweia! Leise schlich ich an seinem Fenster vorbei.

Aber kaum hatte Herr Hulleman mich entdeckt, da rief er auch schon laut meinen Namen und gestikulierte, ich solle reinkommen. Jetzt fing ich doch leicht an zu zittern. Erst recht, als ich sah, dass mein erster Brief nicht mehr zerknüllt im Mülleimer lag, sondern glatt gestrichen neben seiner Tastatur. Das hieß mindestens einen Monat straffegen!

Herr Hulleman zeigte auf seinen Computer.

Auf dem Bildschirm sah ich einen jungen Johnny Cash in einem weißen Hemd mit Lederweste. Er spielte einen Song, den ich nicht kannte.

»Findest du, dass ich Johnny Cash ähnlich sehe, Coco?«

Ich zuckte mit den Schultern. Er ähnelt ihm natürlich nicht die Bohne. »Ein bisschen.«

»Glaubst du, mir würde so eine Weste auch stehen?«

Ich gab mir große Mühe, nicht auf seinen Haaransatz zu starren. »Wenn Sie nicht diese grässlichen blank polierten Schuhe dazu tragen.«

Genau in dem Moment kam das nächste Lied: »Ring of Fire«. Wie passend. Ich sah mich auch schon heftig in der Hölle brennen. Einer Hölle mit dem Namen Strafarbeit. Fegen an sich ist ja nicht so schlimm, aber wenn die ganze Klasse zuschaut, dann schon. Und Bruno verknallt sich bestimmt auch nicht in Putzfrauen.

Herr Hulleman begann herzhaft zu lachen. »Geh einfach nach Hause, Coco. Und lass dich von dem Mädchen bloß nicht verrückt machen.«

Na ja. Je oller, je doller.

18:30

Bah. Ich fühle mich gar nicht gut. Die ganze Zeit sehe ich Gitas Gesicht vor mir. Wenn jemand weiß, wie beschissen es sich anfühlt, wenn einer was Dummes über deine Kleidung sagt, dann ja wohl ich. Es ist, als würde jemand sagen: »Ich finde nicht nur deine Klamotten blöd, sondern auch dich. Alles, was du sagst und tust, ist doof.« Und das habe ich zu Gita gesagt. Vielleicht sollte ich ihr morgen einfach etwas Nettes sagen. Wenn ich mich das traue. Ich meine, sie ist immerhin in der

Achten. Als würde jemand aus einer höheren Klasse ausgerechnet auf ein Kompliment von mir warten.

20:30 Im Bett

Walk the Line angeschaut, ein Film über das Leben von Johnny Cash. Den Film sehe ich mir oft mit meinem Vater an. Ich wegen der Klamotten und er wegen der Musik. Reese Witherspoon spielt Johnnys Frau June Carter. Ich habe all ihre Kleider nachgezeichnet, so schön sind die! Im Film trägt sie auch einen megacoolen Mantel mit schwarzen und weißen Karos. Sooooo hübsch!

Habe Papa gleich eine WhatsApp geschickt, dass er sich den Film auch mal wieder anschauen soll.

Dienstag, 10. September

12:50 Pause

Gita trägt heute Jeans mit einem schwarzen T-Shirt. Zara eine schwarze Leggings mit einem weißen T-Shirt und Amani eine Jeggings mit dunkelblauer Bluse. Weg sind sie, die hübschen Klamotten. Mein Plan mit den Modetipps ist komplett misslungen. So verwandle ich nur alle in graue Mäuse. Ich habe noch versucht, Gita freundlich anzulächeln, aber sie schaute sofort in die andere Richtung. Als könnte sie riechen, dass der Artikel von mir ist.

18:30

Mist. Mail bekommen von der Schülerzeitung:

Hey Modepolizei,

wir hoffen, dass du für die nächste Ausgabe der Schülerzeitung wieder einen SchoolStyle lieferst! Vielleicht ist es ja eine gute Idee, die Outfits auf dem Schulfest zu kommentieren?

Greetz,

Bruno

Ich bin fast zehn Tode gestorben, als ich seinen Namen in meiner Mailbox sah. Seine E-Mail-Adresse lautet nirvanamebabe@gmail.com. Wie cool ist das denn? Ich starre schon seit einer Stunde auf das Wort »Greetz«. Keiner mailt so schön »Greetz« …

21:00 In meinem Zimmer

Der Royal-Rock-Indianer ist LIVE!

Mit dem Selbstauslöser habe ich erst eine ganze Reihe Fotos von mir selbst mit Tigermaske gemacht. Das schönste habe ich dann obenan gestellt. Auf dem Foto krümme ich meine Finger wie Tigerkrallen. Das macht das Model Cara Delevingne auch oft. Ich habe zwar versucht, meine Zunge rauszustrecken, aber das funktioniert nur, wenn man Cara ist. Mit Photoshop habe ich noch ein paar Details aus dem Foto geschnitten und vergrößert, mein Haarband und meinen Nagellack in Rosa und Violett. Genau wie bei *The Digitalistas*.

Danach habe ich einen kleinen Artikel über mein Outfit geschrieben.

Der Royal-Rock-Indianer
Heute inspiriert durch die Navajo, einem Indianervolk aus Nordamerika. Ich habe mich gefragt, was Pocahontas wohl tragen würde, wenn sie die Frontfrau einer Heavy-Metal-Band wäre und einen Prinz heiraten würde. Wie sie rockend in dieser königlichen Jacke, im lässigen Shirt und bunten Federn im Haar vor dem Altar stünde. Mit ihrer Indianerfamily in weißen Ponchos und Fransenstiefeln *front row*.

Die *Digitalista* hatte gesagt, ich sollte alle möglichen Labels dazuschreiben. Aber ich trage gar keine Labels. Deswegen einfach so gelöst:

Haarschmuck: selbst gemacht mit Federn, aus dem Kurzwarenladen
Jacke: Vintage im John-Galliano-Stil
Nirvana-Shirt: Vintage
Gestreifte Socken à la Miu Miu: Albert Cuypmarkt
Rosa Nagellack: My Chihuahua Bites von Opi
Violetter Nagellack: Plugged-in Plum von Opi

(Der Nagellack ist einfach aus dem Kaufhaus, aber auf der Website von Opi habe ich ungefähr dieselben Farben gefunden.)

Eigentlich wollte ich noch einen Artikel über den Sunday Market dazustellen. Mit dem Foto von Jada und mir beim Kleiderbus. Und erzählen, wie klasse es ist, eine Freundin in der Schule zu haben. Aber Jada hatte ja wie eine Verrückte über die Jacke lachen müssen. Sie sollte lieber nicht wissen, dass sie mir sehr gut gefällt. Ich blogge schön anonym, dann achtet auch keiner auf mich. Denn ich habe echt keine Lust auf blöde Reaktionen von Amandas, Dagmars und Frau Vergeers. Und schon gar nicht von meiner Mutter. Sie überprüft ja jetzt schon alle zehn

Minuten, ob ich auch ganz brav meine Hausaufgaben mache. Zumindest, wenn sie zu Hause ist. Aber das letzte Mal, dass sie mich alle zehn Minuten kontrollierte, ist inzwischen auch schon wieder eine Woche her. Von einer Mutter darf man doch eigentlich erwarten, dass sie das jeden Tag macht, oder etwa nicht?

21:20 In meinem Zimmer

Es ist schon ein bisschen traurig, so in aller Einsamkeit zu bloggen. Coco, die Modebloggerin, von der niemand ahnte, dass sie es war. Coco, die sich hinter der anonymen Modepolizei versteckte.

Ich werde bestimmt so eine Art Vincent van Gogh. Der wurde ja auch erst nach seinem Tod berühmt. Oder so ein Rocker, der mit 27 tot umfällt – dann erst erkennen alle, wie brillant er eigentlich war.

Heute nehmen wir Abschied von Coco. Wie sich herausstellte, war sie der führende Kopf hinter dem weltberühmten Modeblog *The Style Tiger*.

Sie starb ganz allein in einem kleinen Haus in Paris. Ihr Leben kann als tief tragisch beschrieben werden. Mit ihrer großen Liebe Bruno ist es nie etwas geworden. Die letzten Worte, die er ihr mailte, waren: »Greetz, Bruno«. Damals war Coco gerade erst dreizehn Jahre alt.

Aaaarggh.

Donnerstag, 12. September

07:00 Im Bett

Mein Royal-Rock-Indianer hatte schon 200 Visits!

Ich träume wahrscheinlich. Schwebe ganz gemütlich auf meinem rosa Modewölkchen des Erfolgs. Dann kann ich auch gleich noch ein wenig über mein erstes Interview in der *Vogue* träumen.

Vogue: Darf ich Coco sagen?
Ich: Nur zu.
Vogue: Wie fühlt man sich so als weltbekannte Bloggerin?
Ich: Es ist alles ziemlich schnell gegangen. Ich habe mit einem kleinen Blog angefangen und jetzt fliege ich jedes Wochenende mit dem Privatflugzeug zu Mode-Events nach New York. Dort schlafe ich in einem Hotel mitten auf der Fifth Avenue, neben dem Louis-Vuitton-Laden.
Vogue: Hast du auch bekannte Freundinnen?
Ich: Ich übernachte regelmäßig bei Kate Moss in London. Cara und ich schicken uns jeden Tag WhatsApps. Gestern habe ich gemütlich mit Vanessa Hudgens auf dem Sofa gechillt, sie ist echt total cool. Blake Lively ist ganz verrückt nach meinen Pfannkuchen. Ach, weißt du, das sind schließlich auch nur ganz normale Leute!
Vogue: Was sagt denn deine Mutter dazu, dass du so erfolgreich bist?

Ich: Sie ist sehr stolz auf mich. Das sagt sie auch ziemlich oft. »Coco, ich bin so stolz auf dich! Ich freue mich, dass meine Tochter so ein tolles Modemädchen ist!«

OMG. Ich bin wach.

12:40 Pause

Mein Royal-Rock-Indianer hat schon 293 Hypes! Mein Blog wurde heute 299 Mal angeschaut. Juchhuuuuu!

22 Reaktionen. Ein Mädchen fragt, ob ich vielleicht die Tochter von John Galliano bin, und ein anderes Mädchen nennt das Outfit STUNNING. Ich habe es gleich nachgeschlagen, das bedeutet: flimmernd, bildschön oder atemberaubend. Mein Indianer ist also atemberaubend schön!

17:00 Zu Hause

373 Hypes. 500 Besucher auf meinem Blog. 36 Reaktionen.

Ich glaube, ich werde verrückt!

20:12 In meinem Zimmer

Einen Salat mit Garnelen und Mango gemacht, aber ich bekam keinen Bissen runter. »Style Tiger« in die Suchmaschine von Twitter eingegeben und gleich acht Fotos mit meinen Fingernägeln gesehen. Acht Mädchen haben mich nachgeahmt und ein Foto davon gemacht. Ich konnte kaum glauben, was ich da sah!

Vielleicht sollte ich meinen Artikel über den Rock-Indianer an *CosmoGIRL!* mailen. Oder ich schicke ihnen einfach einen Tweet.

Freitag, 13. September

09:20 Schule

OMG. Amanda und die Friseurakademie haben alle drei die Hose von H&M an. Amanda trägt ein Streifenshirt als Top und ihre Freundinnen ein Shirt mit Leoparden-Print. Genau wie ich es in meiner Kolumne empfohlen hatte. Ich habe auch gesehen, dass Amanda allerlei Versace-Catwalkbildchen in ihren Kalender geklebt hat.

13:00 Pause!

Wuuuwiiieeh! Mein Blog hat heute schon 700 Besucher! Und ich habe 42 Reaktionen auf meinen Rock-Indianer.

Happy girls are the prettiest

Sonntag, 15. September

18:00

Bäh, ich habe gerade eine sehr dumme Reaktion auf meinen Rock-Indianer bekommen:

Ich finde, du siehst total lächerlich aus. Du glaubst wahrscheinlich, du bist cool, was?
Ich würde lieber sterben, als mit so einem Federdings über die Straße zu laufen.
Vielleicht solltest du lieber im Geflügelhandel arbeiten.
Mit diesen Fotos machst du echt keinen froh.
Sorry, aber ich bin einfach ehrlich.
Tschüss, Emmy

19:00 Auf dem Sofa

Ich muss die ganze Zeit an diese Reaktion denken. Das ist doch echt komisch. Ich habe 520 Hypes und 56 nette Reaktionen und ich denke ausschließlich an diese eine blöde. Ich frage mich, wer diese Emmy wohl ist. Ob sie in meinem Alter ist? Vielleicht mag sie einfach keine Indianer? Oder sie ist eine Gegnerin des Königshauses …

Blöde Reaktion, verschwinde aus meinem Kopf!

Mittwoch, 18. September

13:00 Pause. Schulklo.

Heute ist nicht mein Tag. Ich habe überhaupt nicht gut geschlafen. Ich träumte, dass der Royal-Rock-Indianer in der Nieuwe Kerk gekrönt wurde. Da war ganz schön was los. Halb Amsterdam war dort. Auf dem Dach vom Kaufhaus Bijenkorf stand ein riesiger Federschmuck und die Kirchenwände waren mit Indianergesichtern bemalt. Lady Gaga stand am Altar und sang. Verkleidet als lässige Rock-Indianerin natürlich. Und ich saß in meinem Indianer-Tipi auf dem Dam. Aber in der Kirche feierten die Gäste mittlerweile so wild, dass sie vergessen hatten, dass heute ein Royal-Rock-Indianer gekrönt werden sollte. Also hockte ich um drei Uhr nachts noch immer in meinem Tipi. Einsam und ungekrönt. Und kurz bevor ich wach wurde, kam Amanda mit einer riesigen Krone auf dem Kopf aus der Kirche.

In der ersten Stunde hatten wir Englisch. Jada würde etwas später kommen, weil sie noch zum Kieferorthopäden musste. Wir sollten für diese Stunde die Vokabeln aus Lektion 1 und 2 lernen, und die hatte ich wirklich gründlich gepaukt. Heute Morgen beim Frühstück hatte ich noch alles gewusst. Auf dem Fahrrad auch. Vor der Stunde auch noch.

Während der Stunde ging Vergeer dann von Tisch zu Tisch und gab uns abwechselnd ein Wort, das wir übersetzen sollten. Alle machten das gut, aber vor lauter Nervosität war mein Kopf plötzlich wie leer gefegt. Ich sollte das Wort Möhre übersetzen. Ich wurde knallrot. Möhre, Möhre, Möhre, rauschte es durch meinen Kopf. Das musste ich doch wissen! Und vor einer Minute habe ich es auch noch gewusst!

»Moary«, sagte ich mit englischem Akzent.

Vergeer schüttelte verärgert den Kopf. »Es heißt CARROT, Coco. C-A-R-R-O-T.«

Weil ich danebengelegen hatte, bekam ich gleich noch ein Wort, eine neue Chance sozusagen. Aber um es noch schlimmer zu machen, sagte Vergeer, dass ich beim nächsten schriftlichen Test zwei Punkte Abzug bekommen würde, wenn ich diese Antwort auch nicht wüsste. Und ich schaffe sowieso nicht mehr als höchstens eine 4, also kriege ich dann wahrscheinlich eine 5.

Vergeer sah mich starr an. »Onkel.«

Das war ein leichtes Wort, das wusste ich bestimmt. Onkel. Eine Tante ist eine *aunt*. Aber was ist ein Onkel?, schwirrte es durch meinen Kopf. Ich schwieg.

»Du hast die Vokabeln nicht gelernt, Coco.«

Das Feastgirlz-Kit hob den Finger und rief: »*Uncle*, wie leicht ist das denn?«

Gegen Ende der Stunde kam Jada in den Klassenraum. Schlecht gelaunt erzählte ich ihr von den zwei Punkten Abzug. Als es klingelte, fragte ich sie, ob sie Vergeer lieber vom Euromast schubsen oder einer Hyäne zum Fraß vorwerfen wollte. Ich meine, das ist doch eine normale Frage, oder?

»Geht's vielleicht etwas genauer?«, murrte Jada.

Ich fragte, ob sie lieber hundertmal *uncle* oder *aunt* schreiben wollte.

»Keine Ahnung«, sagte Jada und verließ den Klassenraum.

Übrigens trug sie auch nicht unsere M&M-Kette.

Ich kann nichts und keiner mag mich.

15:00 Schulklo

Heute dreimal Bruno auf dem Flur getroffen: Nach der ersten Stunde, als wir in einen anderen Klassenraum gingen; er bemerkte mich nicht. Dann nach der zweiten Stunde, an der Schwingtür zur Schulkantine. Er sagte etwas, aus dem ich schloss, dass es »huhu« war. Aber es kann auch »huuuu« oder nur ein Husten gewesen sein – er gab sich nicht mal die Mühe, deutlich zu reden oder zu lächeln, das ist also mein Leben. Anschließend sah ich ihn noch bei den Toiletten, aber da habe ich ihn dann ignoriert. Das war schwierig, weil ich direkt auf ihn zulief. Aber ich tat so, als hinge etwas ganz Interessantes an der Decke.

16:00 Zu Hause

Zimmer aufgeräumt. Jetzt mache ich einen neuen Blogpost.

17:00

Blablablablabla. Mir fallen nur blöde Sachen ein. Ich kann einfach keine berühmte Modebloggerin werden. Vergeer hält mich für einen Clown und Amanda meint, ich sehe lächerlich aus. Das war der allerdümmste Plan, den ich je hatte. Ich muss mir was anderes überlegen.

Die DVD *Marc Jacobs et Louis Vuitton* angeschaut. Das ist mein Lieblingsfilm. Sie zeigt, wie der Designer Marc Jacobs an eine neue Kollektion herangeht. Bevor er mit dem Entwerfen loslegt, schaut er sich ganz viele unterschiedliche Sachen an. Ausstellungen, Trödelmärkte, Vintage-Klamotten, Fotos, alte Filme, Musik, Bücher, Macarons – alles Mögliche. All diese Dinge speichert er im Kopf. In dem Moment weiß er noch gar nicht genau, wofür er sie vielleicht mal brauchen kann. Aber wenn er ein paar Wochen später in Paris hinter seinem Schreibtisch sitzt, purzelt alles wieder raus. Knöpfe in den Farben der Macarons, was Gestricktes von einem Vintage-Pulli, Formen, die er während einer Ausstellung gesehen hat. Alles findet sich in seiner Kollektion wieder. Ich frage mich, was ich alles so aus Versehen in meinem Hirn speichere. Und vor allem, wann es vorhat, da wieder rauszukommen.

Hmm, was Marc Jacobs wohl tut, wenn er megaschlecht drauf ist? Und was tut er, wenn jemand etwas Negatives über seine Kollektion sagt? Heult er dann auch und grübelt tagelang darüber? Vielleicht isst er aber auch einfach ganz viele Macarons und schmust mit seiner Katze. Wenn er eine hat. Aber ich glaube schon. Marc Jacobs ist irgendwie so ein Katzentyp. Ich hoffe jedenfalls, dass er eine normale hat und nicht so ein verwöhntes Tier wie Choupette, die Katze von Designer Karl Lagerfeld. Choupette hat einen eigenen begehbaren Wandschrank. Obwohl sie ü-ber-haupt keine Kleider trägt. Höchstens ein paar Katzenschneestiefelchen bei Eiseskälte. Oder einen kleinen Katzenbikini. Und bestimmt trägt sie auch ein Perlenhalsband.

18:00 In meinem Zimmer

Alles von meiner Pinnwand abgeräumt. Ich hänge nur noch neue Sachen auf.

Erst habe ich meine Lieblingstexte von Pinterest ausgedruckt:

Happy girls are the prettiest. – Audrey Hepburn.

Glückliche Mädchen sind am hübschesten, sagt Audrey Hepburn. Und sie muss es ja wissen … Audrey Hepburn ist eine Stilikone aus den Fünfzigern. Sie spielte in wahnsinnig tollen Filmen wie *Breakfast at Tiffany's*. Ich liebe Audrey! Und sie hat recht. Wenn man die ganze Zeit denkt, man ist dumm, dann wird man ganz von selbst missmutig. Und davon bekommt man böse Augen. Oder Ringe darunter, so wie ich jetzt. Aber Jada ist ziemlich hübsch. Das liegt vor allem an ihrem tollen Lachen. Würde sie nie lächeln, wäre sie viel weniger hübsch. Ich muss also *happy* sein. Happy, happy, happy.

Sei du selbst, es gibt schon so viele andere. – Loesje.

Ich weiß ja nicht, auf welcher Schule Loesje war, aber bei uns ist es schon ein bisschen unmöglich, man selbst zu sein.

Keep calm and call Batman.

Bei tierischem Stress muss man Batman rufen. Nicht den echten natürlich, sondern den eigenen. Zum Beispiel die eigene Mutter, wenn sie denn erreichbar ist. Oder den Vater, wenn er in der Nähe wohnt. Oder die beste Freundin, der man alles erzählen kann. Aber ich habe keinen Batman.

99 % of things you worry about never happen.

99 % der Dinge, um die du dir Sorgen machst, passieren gar nicht. Also sollte ich nicht ständig denken, dass Jada nicht

mehr meine beste Freundin ist, dass alle meinen Blog blöd finden, dass *CosmoGIRL!* sich über meinen Tweet schlappgelacht hat, dass mein erster Kuss der schlechteste in der Geschichte sein wird oder dass ich demnächst in Englisch sogar eine 6 im Zeugnis haben werde. Denn vielleicht passiert das ja alles gar nicht.

Oder vielleicht passieren noch viel schlimmere Sachen.

Panik, Panik, Panik.

Es hat keinen Sinn, zu grübeln!

Es hat keinen Sinn, zu grübeln!

Es hat keinen Sinn, zu grübeln!

Diesen Satz von Karine habe ich auch ausgedruckt:

Und was für einen superwitzigen Stil du hast!!

Karine findet meinen Stil superwitzig.

Ich höre jetzt auf, an blöde Dinge zu denken. Im Kopf habe ich ein Papierschiffchen gefaltet und da stecke ich alle blöden Gedanken rein. Jetzt fest pusten, und weg ist es, das Problemschiffchen. PFFFFFFFFFFffffffffffffff.

So. Ich bin ab jetzt nur noch happy. Über meinen Schreibtisch hänge ich nur noch Dinge, die mich aufmuntern, das hilft bestimmt. Zum Beispiel:

- ein Chanel-Täschchen mit einem süßen Kaninchen darin
- einen Wollpulli mit einem Gesicht aus Pailletten
- ein gelbes T-Shirt mit einem ganz großen SMILEY
- eine Handyhülle mit rosa Kaninchenohren und Puschelschwänzchen

- einen Geburtstagskuchen mit HAPPY BIRTHDAY aus Smarties-Buchstaben
- tanzende Models in Ballkleidern während der Jubiläumsshow von Sonia Rykiel
- eine Ansichtskarte von einem roten Doppeldeckerbus aus London
- Fifi Lapin in einem violetten Dior-Kleid, begleitet von einem weißen Hündchen mit braunen Flecken, soooo süß
- das Mädchen mit roten Haaren, Hippiekleid und Diadem mit Katzenöhrchen und Ohrsteckern aus der Street-Style-Rubrik vom *Mode Magazine*

19:00 In meinem Zimmer

Weihnachtsbeleuchtung und eine Tiger-Weihnachtsbaumkugel vom Speicher geholt. Den Tiger habe ich von Oma bekommen. Jedes Jahr zu Weihnachten durfte ich mir eine Weihnachtsbaumkugel aussuchen. Die Lichterkette hängt jetzt rund um meine Pinnwand und den Tiger habe ich an einem Bänd chen festgesteckt. Und daneben hängt ein Foto von Oma und mir, als ich vier war.

Zimmer aufgeräumt.

Kopf aufgeräumt.

Jetzt werde ich so lange auf meine Pinnwand starren, bis ich endlich wieder happy bin.

Dumdideldei.

Dumdideldei.

Huch, es klingelt. Meine Mutter vergisst normalerweise nie ihren Schlüssel. Batmaaaaaan!

21:30 In meinem Zimmer

Kennst du die Filme, in denen die Hauptperson von einem Meuchelmörder belauert wird? So fühlte ich mich in dem Moment, als es klingelte. Jada stand vor der Tür. Und ich hatte mein rosa Kleid an. SHIT! Und warum hatte ich mir auch noch gelbe künstliche Wimpern angeklebt? THE STYLE TIGER musste sofort von meiner Wand.

Blitzschnell bin ich hoch in mein Zimmer gerast, habe mich aus dem Kleid geschält und in einen Jogginganzug gestürzt. Den Großteil der Klamotten habe ich schnell unter die Bettdecke gestopft. Während ich wieder die Treppe runterpolterte, zog ich mir die Wimpern von den Lidern und wischte den violetten Lippenstift mit Klopapier ab.

»Tut mir leid wegen heute Morgen«, sagte Jada, nachdem ich ihr die Tür geöffnet hatte, und drückte mir einen selbst gebackenen Kuchen in die Hände.

»Was denn?«, fragte ich und tat so, als hätte ich gar nichts gemerkt.

»Ich war total schlecht drauf, weil der Kieferortho meinte, ich muss die Zahnspange mindestens noch ein halbes Jahr behalten.«

»Willst du vielleicht was trinken?«, fragte ich, weil man ja schlecht jemanden vor der Tür stehen lassen kann. Erst recht nicht, wenn man eine Entschuldigung mit Kuchen bekommt.

Jada nickte.

Da wurde ich ein bisschen nervös. Zum Glück steht unser Wasserkocher in der Küche.

Aber Jada war fest entschlossen, sich mein Zimmer anzuschauen. Da gab es kein Entkommen.

»Dein Zimmer ist oben?«, fragte sie.

»Wir haben ganz leckeren Tee in der Küche. Und frische Minze.«

»Ich bin echt neugierig auf dein Zimmer.«

»Der Kuchen sieht soooo lecker aus, sollen wir ihn in der Küche anschneiden?«

»Hast du viele Poster an der Wand hängen?«

»Oben herrscht totales Chaos und in der Küche haben wir auch Café-Noir-Plätzchen.«

»Ich liebe Chaoszimmer.«

Argggh.

In meinem Zimmer stürzte sich Jada gleich auf meine Pinnwand. Danach betrachtete sie meine Schneiderpuppe und alle Kleidungsstücke, die an Haken an meinem Schrank hängen.

»Die Klamotten sind schon ziemlich alt, ich miste gerade aus«, sagte ich schnell.

Jada fischte mein gerade abgestreiftes rosa Kleid vom Boden. »Das ist doch hübsch! Das passt bestimmt gut für ein Fest.«

Ich schaute, ob sie auch so ein falsches Lächeln hatte wie

Amanda, aber ganz und gar nicht. Sie hielt sich das Kleid sogar vor und betrachtete sich in meinem Spiegel.

Meine Tiger-Weihnachtsbaumkugel fand sie auch sehr witzig. Ich erzählte, dass ich sie von meiner Oma bekommen hatte. Jada hat auch eine liebe Oma, aber die lebt noch.

Danach haben wir zusammen Spaghetti gegessen und *Gute Zeiten, schlechte Zeiten* geguckt, das war total gemütlich. Jada hatte auch eine große frische Ananas mitgebracht, die haben wir zerteilt und als Nachtisch gegessen, superlecker! Ich weiß auch nicht wieso, aber ich habe Jada erzählt, dass ich es schaurig finde in der Schule. Jada auch. Sie hat die ganze Woche vor Schulbeginn nicht geschlafen und wollte am ersten Tag gar nicht aufstehen. Ihre Mutter hat sie dann mit dem Auto in die Schule gebracht und rausgeschubst. Sie war froh, dass sie sich an dem Tag neben mich setzen konnte. Ich bin also nicht der einzige Angsthase, zum Glück!

»Du siehst jedenfalls immer hübsch aus«, sagte Jada nach ihrem letzten Stück Ananas.

Ich fragte mich, was sie meinte, ich habe jetzt doch genau die gleichen Klamotten an wie die anderen …

»Was meinst du?«

»Du siehst immer einen Tick anders aus.«

»Anders?«

»Na ja, du krempelst zum Beispiel deine Ärmel immer ein bisschen auf. Oder du steckst eine Spitze vom T-Shirt in den Hosenbund, damit es lässiger aussieht. Und du hast so einen schönen schwarzen Gürtel mit Sternen. Amanda krempelt ihre Ärmel jetzt auch immer ein Stück auf, hast du das nicht gesehen?«

Einen Moment lang war ich nicht sicher, ob ich mich darüber freuen sollte. Morgen also Ärmel runter und einfarbige blaue Socken. Und einen normalen Gürtel.

Jada nahm meine Marc-Jacobs-DVD vom Sofa. »Kann es sein, dass du die Modepolizei bist, Coco?«

Ich lachte laut los. »Die gehört meiner Mutter.«

Eigentlich finde ich es durchaus schön, dass Jada mein Zimmer gesehen hat. Sie fand meine Pinnwand überhaupt nicht seltsam. Sie will sich sogar auch so eine machen. Und sie hat mich gefragt, ob sie mein rosa Kleid zum Schulfest anziehen dürfe. JA, KLAR! Vielleicht findet sie meinen Blog ja auch megatoll. Oder total angeberisch und clownmäßig.

21:00 In meinem Zimmer

Ah ja, Jada hatte unsere M&M-Kette wieder um. Jada ist mein Batman!

21:30 Im Bett

Noch einen Text über meinen Schreibtisch gehängt:

Follow your dreams!

Mach ich, mach ich. Morgen wieder bloggen. Und jetzt gehe ich schlafen.

22:00 Im Bett

What the …?! Eine Freundschaftsanfrage von Bruno!! Mit einer Nachricht dazu: Sollen wir Facebookfreunde werden, Coco?

Schreibt er zu jeder Anfrage etwas? Ich meine, ich frage die Leute einfach, ohne eine Nachricht hinzuzufügen. Aber Bruno ist bei der Schülerzeitung, er schreibt also gern. Jedenfalls hatte er meinen Namen genannt, das hätte er nicht unbedingt tun müssen.

Endlich fühle ich mich wieder ein bisschen HAPPY. Hoffentlich bin ich morgen dann auch hübscher. Wenn Audrey Hepburn das sagt …

ZZZZZZZZZZZZZ

Donnerstag, 19. September

07:00 Im Bett

Geträumt, dass Bruno nur einen einzigen Facebookfreund hat, und zwar mich.

L.O.V.E.

08:00 Badezimmer

Lange in den Spiegel geschaut. Falls ich heute wirklich hübscher sein sollte, ist das mit bloßem Auge jedenfalls nicht leicht zu erkennen. Vielleicht geht es ja auch nur ganz langsam und man sieht es erst nach dem Wochenende.

Außerdem habe ich einen Pickel exakt zwischen den Augenbrauen. Da ist er schon seit zwei Tagen, Montag ist er dann bestimmt weg.

08:30 Küche

Jippie! Meine Mutter hat mir fünf Euro für die neue *Vogue* hingelegt. Und Jada wartet am Supermarkt auf mich, damit wir das letzte Stück gemeinsam mit dem Rad fahren können.

13:00 Schulklo

Jada trägt unsere M&M-Kette auch in der Schule.

Bruno hat mir zugewinkt. Jada und ich waren heute Morgen zehn Minuten zu früh und standen noch schwatzend zusammen am Eingang. Bruno ging vorbei und sagte: »Hi Jada, hi Coco.« Ich hatte das Gefühl, mich würde er etwas netter anschauen. Oder er war noch sehr verschlafen, wodurch das Lächeln, das eigentlich für Jada gewesen war, Verspätung hatte. Ich hätte zu gern gewusst, ob Jada es auch gesehen hatte, aber gerade, als ich sie fragen wollte, sagte sie: »Irgendwie ist Bruno ein Wischiwaschityp, meinst du nicht auch?«

Na ja.

Besser, sie findet ihn wischiwaschi. Wenn sie gesagt hätte: »Was für ein schnuckeliger Typ, gestern noch im Schülerzeitungsbüro mit ihm geknutscht«, dann hätte ich ein ganz schönes Problem. Ich frage mich aber schon, warum sie meint, er sei ein Wischiwaschityp.

17:00 Zu Hause

Alicia schickte eine WhatsApp, dass sie Brautkleider reinbekommen hat. Samstag also wieder ein Braut-Schaufenster machen. Gerade statt der *Vogue* so einen Hochzeitskatalog gekauft. Die *Vogue* lese ich dann eben bei Alicia oder beim Friseur.

19:00 In meinem Zimmer

Auf mein weißes H&M-T-Shirt ein Gesicht mit Wimpern aus silbernen Pailletten und einen Mund aus rosa Filz gestickt. Es ist megacool geworden. Bloß, dass ich jetzt kein weißes T-Shirt mehr für die Schule habe. Opa hat bestimmt noch alte Poloshirts im Schrank liegen. Die kürze ich einfach.

Freitag, 20. September

07:30 Im Bett

Geträumt, Bruno und ich würden im Musikpavillon vom Vondelpark heiraten. Ich trug ein schönes violettes Kleid mit einem Schleier aus lila Spitze und Bruno einen karierten Anzug. Weiße Kaninchen mit Zylinderhüten und Stepp tanzende Enten in Lackschühchen bildeten den Brautzug, der Standesbeamte war Jean Paul Gaultier. Auf die Frage, ob Bruno für immer bei mir bleiben wolle, in guten wie in schlechten Zeiten, rief Bruno ganz laut: »OUIIII!«

Aber als er nach meinem Schleier griff und ihn zurückschob,

war ich plötzlich Amanda. Eine Amanda mit Draculazähnen. Und Bruno küsste sie hingebungsvoll! Aaaaaaarrrrggggh.

21:00 Im Bett

Eintopf mit Endivien und Speck bei Opa gegessen. Mhhh-mmmmm! Und ein weißes Poloshirt aus seinem Wäschekorb genommen.

Samstag, 21. September

13:00 Alicias Laden

Wir haben drei Bräute für das Schaufenster gestaltet:

- eine Chanel-Braut mit vielen Perlen, schwarz-weiß gestreiften Strümpfen und einer zartrosa Perücke aus Webpelz.
- eine Valentino-Braut im roten Kleid mit einem Diadem auf dem Kopf. Auf das Oberteil haben wir eine Art Kette aus Broschen gesteckt, einsame Spitze!
- eine Punk-Braut im Stil von Vivienne Westwood.

Gerade kommt im Radio »Single Ladies (Put a Ring on It)« von Beyoncé – wie passend.

Ich darf auch ein paar Kleider mit nach Hause nehmen. Alicia glaubt, dass ich die Schnitte abzeichnen möchte, aber ich werde sie natürlich für meinen Blog nehmen.

The Style Tiger Bride!

Sonntag, 22. September

14:30 In meinem Zimmer

Tadadadada!

Vier neue Beiträge für meinen Blog fertig!

Outfit 1

Grauer Pulli, Jeansshorts, blau-schwarz gestreifte Socken. Hütchen aus Paris. Violette High Heels von Mama. Mit Photoshop habe ich einen großen Tigerkopf auf dem Pulli platziert.

Outfit 2

Schwarz-weiß gestreifter Sweater von Mama. Der Pulli ist mir viel zu groß, ich kann ihn also schön als Kleid anziehen.
Knallrote Kniestrümpfe.
All Stars!

Outfit 3

Ich hatte noch einen knallgelben Pulli. Darauf habe ich mit schwarzer Textilfarbe ganz groß SMILE geschrieben. (Die Idee ist eigentlich geklaut von Moschino Cheap and Chic.)
Schwarz-weiß gestreifte Strumpfhose.
Tigerschühchen.
Herzchensonnenbrille.

Und zum Schluss die Valentino-Braut.

Ich habe fast die gleiche Braut gemacht wie für das Schaufenster. Nur habe ich unter das rote Kleid ein schwarz-weißes T-Shirt angezogen, das macht es mehr Coco. Mit einer Kette aus meinen eigenen Buttons. In den Blog habe ich auch ein paar Fotos der Bräute aus dem Schaufenster von Boudoir de Paris gestellt. Da ist The Style Tiger eben zufällig mit dem Rad vorbeigekommen, das kann durchaus sein. Nächste Woche mache ich noch ein paar Beiträge mit diesem Kleid. Scheint mir auch sehr hübsch, das Kleid ganz *grungie* zu tragen … oder vielleicht klassisch à la Audrey Hepburn.

16:10 Wohnzimmer

Jetzt Französisch lernen. Und Englisch. Nicht, dass Letzteres viel Sinn hätte, ich kriege ja doch zwei Punkte abgezogen. Dann kann ich es genauso gut gleich lassen. Ich muss auch noch ein paar Erdkrusten durcharbeiten für Geo.

Der Royal-Rock-Indianer

Montag, 23. September

10:00 Schulklo

Habe während der ersten Stunde fast einen Herzanfall bekommen. Das Feastgirlz-Kit hat ein Haarband mit Federn um den Kopf. Und sie trägt ein Rockshirt. Voller Stolz spazierte sie durch die Klasse. What happened? Amanda spielt im Team Basic-Shirt. Team Jeans. Und nicht im Team Cocos Kleiderschrank!

Dienstag, 24. September

11:10 Schulflur

Heute laufen fünf Rock-Indianer durch die Schule.

Mittwoch, 25. September

10:30 Bio

Zehn Rock-Indianer!

Donnerstag, 26. September

09:40 Schulklo

16 Rockende Indianer. Und Amanda trägt ein rotes Kleid mit einer Kette aus Buttons.

Was läuft denn hier ab?! Wir haben eine Valentino-Braut in unserer Klasse!

Jada war in der ersten Stunde völlig aus dem Häuschen. »Hast du gesehen, was Amanda anhat?«, piepste sie, als sie mich sah.

»Ein Kleid.« Ich war selbst auch ziemlich überrascht, denn Amanda trägt normalerweise immer nur Skinny Jeans. Und dieses Kleid hatte genau denselben Schnitt wie das Valentino Lookalike in Alicias Schaufenster. Und sie hatte auch eine Kette aus Buttons gemacht, genau wie meine. Ist Amanda am Schaufenster vorbeigefahren?

»Sie sieht einfach lächerlich aus.« Jada zog ihre Bücher aus der Tasche und knallte sie auf den Tisch.

»Das Kleid ist doch hübsch«, sagte ich.

Jada verdrehte genervt die Augen. »Du findest Amanda doch auch blöd, oder etwa nicht?«

»Amanda *ist* auch blöd. Aber ihr Kleid finde ich trotzdem schön.«

Es fühlte sich an, als würde Jada ein Kleid aus meinem eigenen Schrank runtermachen.

»Wirst schon sehen, bald fängt sie auch noch so einen dämlichen Modeblog an. Ich finde es immer total idiotisch, wenn die Leute einen Blog über ihre eigenen Klamotten schreiben. Arroganter geht's doch kaum!«

Ich schnappte nach Luft.

Jada verzog heftig das Gesicht. »Ich hoffe, die Modepolizei verpasst ihr eine saftige Strafe.«

Aaaaargggh. Das ist, als würde ich mich selbst bestrafen. Ich bin die ganze Modepolizei sowieso leid. Den ganzen Tag schwirren Witze über Strafzettel durch die Klasse. Sogar die Jungs rufen ständig: »Halt, stopp, Modepolizei!« Und ich bin total gegen die Modepolizei. Soll doch jeder und jede anziehen, wozu er oder sie gerade Lust hat! Dann kann ich das nämlich auch tun.

Aber wie kommt Amanda auf die Idee mit dem roten Kleid? Hat sie meinen Blog gefunden? Was, wenn sie mich durchschaut hat? Dann muss ich den Rest meines Lebens auf diesem Klo hocken bleiben.

09:55 Noch immer auf dem Schulklo

Ich muss ruhig bleiben.

Liebe Coco,

Amanda würde lieber sterben, als etwas anzuziehen, das du kombiniert hast. Sie hasst deinen Stil und sie hält dich für einen völlig gestörten Clown. Wenn sie wüsste, dass dieser Blog von dir ist, würde sie ihn verfluchen und nie wieder im Leben Rot tragen.

Alles Liebe,
Coco

Okay, ich habe recht. Niemand weiß, dass ich es bin.

Freitag, 27. September

09:55 Schulklo

25 Rock-Indianer.

Einatmen, ausatmen.

Das ist alles purer Zufall. Es hat schon zufälligere Dinge gegeben. Ich meine, so etwas Besonderes ist ein Indianerschmuck nun auch nicht.

11:00 Schulklo

Okay, Zufälle gibt's nicht.

Amandas *ELLEgirl*-Kalender ist voller Fotos von meinem Blog. Die Korsetts, der SMILE-Pulli, Herzchenbrille, Rock-Indianer und Mamas Streifenpulli. Alle säuberlich ausgeschnitten und aufgeklebt.

Sie hat sogar über die *ELLEgirl*-Buchstaben auf der Vorderseite ihres Kalenders mit einem schwarzen Stift I ♥ THE STYLE TIGER geschrieben.

Und die Friseurakademie hat auch einen Kalender voller Fotos von mir.

13:00 Pause. Schulklo.

Shit! Das Feastgirlz-Kit und ihre Freundinnen standen gerade hier vor dem Spiegel, während ich auf dem Klo saß, die Füße auf dem Klopapierhalter. Alle drei folgen meinem Blog!

»Sooo cool, dass ich *The Style Tiger* als Erste entdeckt habe«, hörte ich Amanda angeberisch sagen. »Chraze aus der Zehn trägt jetzt auch so ein Haarband mit Federn. Sooo cool. Ich hatte es so viel früher. Gerade erst neu auf dieser Schule und jetzt schon Trendsetter.«

»Wer ist dieser Style Tiger eigentlich?«, fragte ihre Friseurakademiefreundin.

»Frederique ist ganz sicher, dass es Prinzessin Amalia ist. The Style Tiger hat auch wirklich total dünne Beine, deswegen trägt sie auch diese Maske. Sooo schick.«

Kann Amanda vielleicht mal aufhören mit diesem ständigen

SOOO?, dachte ich, während ich mich fragte, wie lange ein Mensch wohl die Luft anhalten kann, ohne zu ersticken.

»Heute Abend drucke ich alle Outfits von *The Style Tiger* aus und hänge sie mir an die Wand. Ich finde sie echt sooo megaklasse. Vielleicht ist sie ja Model, sooo chill. Ich bin sicher, wir wären befreundet, wenn sie hier zur Schule ginge.«

In dem Moment fiel ich fast vom Klo.

Ich muss wissen, wie Amanda meinen Blog entdeckt hat!

16:30 Bushaltestelle

Nach Bio bin ich zu Amanda gegangen. Ich hatte mir überlegt, dass ich sie etwas zu den Französisch-Hausaufgaben fragen könnte und dann ganz zufällig in ihren Kalender schaue.

»Hi, Amanda. Weißt du, was genau wir für Französisch am Freitag lernen sollen?« Ich gab mir große Mühe, lässig zu klingen, aber offensichtlich war ich damit nicht sehr erfolgreich, denn Amanda sah mich nur begriffsstutzig an.

Jada wartete an der Tür auf mich, auch mit fragendem Blick.

»Witzig, die Fotos da in deinem Kalender«, sagte ich und hoffte, sie würde nicht hören, wie mein Herz klopfte.

Amanda reagierte immer noch nicht.

»Sollen wir denn Lektion 1 und 2 lernen oder 2 und 3?« Ich machte ganz große Augen und strengte mich an, genauso dämlich zu gucken wie sie immer.

»Grammatik 2 und 3.« Amanda klappte ihren Kalender zu. Plötzlich sah ich ihr Handgelenk – sie hatte ein Herzchen daraufgezeichnet.

Ich versuchte es noch einmal. »Wirklich, total klasse gemacht mit den Fotos.« Ich schleimte mich ein, aber es war immerhin für einen guten Zweck.

Aus den Augenwinkeln sah ich Jada. Sie schüttelte übertrieben die Haare, wie Amanda es auch immer tut.

Ich holte tief Luft. »Amanda, wie kommst du denn an diese Fotos?«

»Oh, Twitter, whateverrr. Nichts für dich, Coco der Clown.«

Gefunden!

Ich habe einen Retweet von *Girlscene*.

Und einen von *This chick's got style*, *NSML* und *The Digitalistas*.

Und auch noch vom Webshop *Welikefashion*.

16:45 Bushaltestelle

Auf *Welikefashion* ist ein ganzes Shopping in meinem Stil!

Auf ihrer Homepage!

Erst sieht man etwas über diese Pantone-Handyhüllen. Darunter fünf warme Winterwesten im Saint-Laurent-Paris-Stil. Und danach:

KEEP IT STYLE-TIGER-COOL!

Mit drei Fotos von meinem Blog!

Keep it Style-Tiger-cool
Fürchtet den coolen Modetiger! Es weht ein neuer rockender Wind durchs Modeland. Auffällig hip ist der Blog *The Style Tiger*. In eigensinnigen Outfits posiert dieses neue Modetalent mit Tiermasken vor der Linse. Und wie! *We like* ihre witzigen Korsetts und die rebellischen Fußballsocken. Was für ein feiner Stil! Lass dich von diesem trendigen Modetier inspirieren und *shop the look*!

Auffällig hip.

Auffällig hip.

Auffällig hip.

Es gibt Links zu Kleidung aus dem Laden, die zu meinem Stil passen.

Ein T-Shirt mit einem Indianer von Wildfox, Kniestrümpfe mit Leoparden-Print, ein Shopper mit der Aufschrift FUCK FASHION und ein Diadem mit Bärenöhrchen sowie fünf rote Rebellkleider.

Mein Herz zerspringt – ein Stück nach Mailand, eins nach London, eins nach New York. Ich habe ein auffällig hippes Shopping auf *Welikefashion!*

Mein Tweet zum Rock-Indianer hat 180 Retweets!

Ich werde verrückt!

Am liebsten würde ich sofort alle anrufen. Und vor allem Jada.

18:00

Bin ein langes Stück mit dem Rad gefahren. Ich zerplatze fast vor lauter Adrenalin.

Eine Nachricht von *Welikefashion* bekommen.

Hallo Modetiger!

Wir sind Riesenfans von deinem tollen Stil!
Ich wollte dir nur sagen, dass du in unserem Laden immer willkommen bist, wenn du dir für deinen Blog Kleidung ausleihen möchtest. Wohnst du in der Nähe von Amsterdam?
Wir haben viele neue Items für dich reinbekommen!
Bis bald in unserem Laden!
Viel Erfolg mit deinem Blog und *keep up the good work!* ☺

Herzliche Modegrüße,
Welikefashion

Und auch eine Mail von der Redaktion von *Girlscene*:

Hi Style Tiger,

coolen Blog hast du da!
Können wir dich mal interviewen?

Oder vielleicht hättest du ja Lust, mal Gastblogger bei uns zu sein?

Melde dich gern!
Schönes Wochenende!

Grüße,
Annick
Girlscene

18:30 Küche

Mein Blog hatte heute schon 900 Besucher und irre viele Reaktionen!

19:00 Wohnzimmer

Wie langsam die Zeit vergeht! Wo bleibt meine Mutter?

21:00 In meinem Zimmer

Mama ist immer noch nicht zu Hause. Vor drei Stunden hat sie schon gesimst, dass sie auf dem Weg ist. Egal – ich sollte es ihr sowieso lieber nicht erzählen. Ich lege mich mit der letzten Ausgabe der *Vogue* ins Bett. Morgen den ganzen Tag bloggen. Alicia ist dieses Wochenende in Paris, ich habe also den ganzen Tag Zeit.

Samstag, 28. September

9:30 In meinem Zimmer

Habe heute Nacht kein Auge zugemacht. Wie eine Murmel schoss ich in meinem Bett hin und her. Mein Kopf war viel zu voll. Ein Teil meines Gehirns war vollauf damit beschäftigt, sich auszumalen, was ich zum ELLE Style Awards anziehen könnte, und ein anderer Teil überlegte sich schon mal Antworten für ein Interview mit der *Vogue*. Und mir kamen ständig neue Ideen für Blogbeiträge. Sie kullern einfach so aus mir heraus, wie vom Fließband.

Marinejäckchen mit Pyjamahose: Plopp! Schachbrettkleid mit zuckerwattefarbenen Strümpfen: Plopp!

Tie-dye maxi dress mit gelben Sneakern: plopp, plopp, plopp!

Danach lagen meine Nerven wieder blank, als ich darüber nachdachte, was Amanda wohl machen würde, wenn sie dahinterkäme, dass ich The Style Tiger bin. Höchstwahrscheinlich würde sie einen hysterischen Anfall bekommen!

OMG, wenn Amanda weiß, dass ich The Style Tiger bin, dann weiß auch innerhalb eines Tages die ganze Schule, dass ich die Modepolizei bin. Und Jada dann auch. Und Jada will natürlich keine falsche Modeagentin als Freundin. Und schon gar keine arrogante Modebloggerin.

Als meine Mutter gestern endlich nach Hause kam, war ich also noch hellwach. Sie sah ziemlich müde aus. Ich habe sie erst einmal eine halbe Stunde lang fast zu Tode geknuddelt.

Danach konnte ich nicht mehr aufhören zu reden. Eigentlich hätte ich ihr gern alles von dem Shopping auf *Welikefashion* erzählt, aber wenn sie wüsste, dass ich meinen eigenen Modeblog habe, würde sie wahrscheinlich meinen Laptop einkassieren. Sie hat mir auch einmal den Spiegel weggenommen, weil ich anscheinend zu oft reinschaute. Erst nach einer Woche bekam ich ihn wieder. Ich habe also nur ganz fröhlich von der Schule erzählt. Von den auffällig leckeren Kuchen und den auffällig schönen Kaffeeautomaten. Über die auffällig gestörten Feastgirlz musste ich mich sogar vor Lachen schütteln. Mama war total verblüfft, dass mir die Schule so auffällig gute Laune machte.

11:00 In meinem Zimmer

Mama glaubt, dass ich verliebt bin. Schon frühmorgens hatte sie Croissants geholt und Orangensaft frisch gepresst, das macht sie sonst nie. Und beim Frühstück hat sie dann ständig herumgebohrt. Ich bekam eine Menge Sprüche im Sinne von »Mir kannst du alles erzählen«. Sie fragte, ob er vielleicht älter ist als ich. Oder ob es sich um ein Mädchen handelte. Außerdem befürchtete sie, ich hätte vielleicht jemanden im Internet gefunden. Mit eindringlicher Stimme bat sie mich dann, mich nicht einfach so mit ihm zu verabreden. Schließlich könnte ein netter Junge aus dem Internet durchaus auch ein ekliger alter Verrückter sein. Und ich sollte ihm auf keinen Fall unsere Adresse geben. Also rief ich zum zehnten Mal: »Ich bin nicht verliehiebt!«

Plötzlich griff sie nach ihrer Tasche. Einen Augenblick dachte ich, sie würde gleich eine Packung Kondome zücken. Ich habe mal gehört, dass Mütter zu den verrücktesten Momenten damit anrücken. Dass sie einen dann plötzlich aufklären wollen. Hier im Haus geistert auch so ein Buch herum: *Sex, wie geht das?* Bestimmt hat sie in einer Zeitschrift gelesen, dass man als gute Mutter so ein Buch im Haus haben muss. Aber was soll ich damit? Sie sollten Eltern lieber empfehlen, Kussbücher zu kaufen. Oder die *ELLE Stilbibel*. Ich fange wirklich erst mit Sex an, wenn ich zwanzig bin oder so. (Ich habe das Buch sicherheitshalber aber schon mal durchgeblättert. Es war durchaus interessant.) Doch sie zog nur ein Telefon heraus. Ein neues. Und sie hat schon drei.

»Das hier ist für Notfälle. Ich nehme es überallhin mit und ich gehe auch immer ran. Also, wenn etwas ist, Coco, ruf mich an. Und dann komme ich sofort zu dir.«

Ich nehme an, ich guckte ziemlich vernebelt, denn sie ließ nicht locker: »Speichere die Nummer einfach unter A wie Alarm, dann musst du nicht lange suchen.«

OMG.

Aber ich konnte nur noch lachen. Mein Kopf war voller AUFFÄLLIG HIP. Am liebsten hätte ich es laut gebrüllt. Meiner Mutter die Reaktionen von *Welikefashion* und *Girlscene* gezeigt. Ihr vom ersten Schultag und Amandas Indianerfedern erzählt. Wäre gemeinsam mit ihr ins Café gegangen und hätte mit Kuchen gefeiert.

Aber ich kann es ihr nicht erzählen. Sonst nimmt sie mir

wahrscheinlich wirklich den Laptop weg. Oder meinen Kleiderschrank. Man weiß ja nie. Meine Mutter hat irre Angst, ich könnte schlechte Noten kriegen. Ich höre sie schon sagen: »Coco, es ist wirklich alles gut und schön mit deinem Blog, aber für solchen Unsinn hast du doch überhaupt keine Zeit! Konzentriere dich erst einmal auf dein erstes Jahr in der neuen Schule, das ist schwierig genug. Danach werden wir dann schon sehen, wie es weitergeht.«

Wahrscheinlich hofft sie, dass dieser Modeplan einfach wieder in der Versenkung verschwindet.

Und anschließend würde sie ein total schlechtes Gewissen haben, weil sie so wenig zu Hause ist.

»Du weißt, dass ich so viel arbeite, um später dein Studium bezahlen zu können, nicht wahr? Und ein Zimmer. Vielleicht willst du ja in Utrecht studieren. Oder in Groningen, dort ist auch eine sehr gute Universität. Oder du willst vielleicht nach Amerika. Und das geht dann alles nur, weil ich jetzt so viel arbeite.«

Genau das meine ich.

No way, dass ich locker zur Modeakademie könnte.

Oder zum Paris Fashion Institute.

Oder aufs Central Saint Martins College in London.

Oder zu meinem künftigen Praktikum bei Viktor&Rolf oder Prada.

Vielleicht würde Papa es ja verstehen. Er macht selbst auch etwas Kreatives. Aber man weiß es nicht. Manchmal ist mein Vater auch so drauf, dass er offen und ehrlich sein will, und das bedeutet, dass alles, was ich sage, auf direktem Weg bei meiner Mutter landet.

15:00 In meinem Zimmer

Schnippschnapp. Die Vorderseite von meinem *little black dress* von oben bis unten durchgeschnitten. Jetzt ist es ein kleiner schwarzer Mantel.

15:30 In meinem Zimmer

Ich bin so froh über meinen Kurzmantel, er ist wie ein Kimono. Die Schnittkanten habe ich umsäumt und er fällt sehr geschmeidig, weil der Stoff aus Viskose ist. Habe das zartrosa Nachthemd meiner Mutter mit den Spitzensäumen gerade aus dem Wäschekorb geangelt. Das passt wunderbar dazu, viel zu schade, um darin zu schlafen.

Jetzt Fotos machen. Jaa, posieren!

20:00 Wohnzimmer

Drei neue Blogbeiträge fertig! Little Black Kimono gerade Live geschaltet, den Rest hebe ich mir für nächste Woche auf.

Sonntag, 29. September

11:00 Im Bett

Bonjour!

14:00 Wohnzimmer

Mit Papa über FaceTime gesprochen. Er ist gerade sehr beschäftigt mit den WC-Brillen für ein Schiff in Monaco. Die müssen nächste Woche fertig sein. Er hat mir eine gezeigt und die war irre schön. Auf der Brille sind türkisfarbene Schmetterlinge mit goldenen Punkten. Ich würde mich nie trauen, mich da draufzusetzen! Und er hat ein spitzenmäßiges Buch gekauft, den Katalog der David-Bowie-Ausstellung im *Victoria and Albert Museum* in London. Es ist ein dicker orangefarbener Schinken mit einem Foto von David Bowies Gesicht mit einem Blitz darauf. Vielleicht macht er als Nächstes auch noch Bowie-WC-Brillen, das fände ich megacool. Ich habe gesagt, dass ich dann sehr gerne eine für meine Wand haben möchte, da musste er lachen.

Ich konnte auch sehen, dass die CD von Anne Soldaat neben seiner Stereoanlage lag. Darauf ist ein sehr schönes Lied von einem Vater, der seine Tochter vermisst. Mein Papa hört es oft, wenn er Sehnsucht nach mir hat. Deswegen musste ich auch lachen. Eigentlich machte es mich so froh, dass ich gleichzeitig traurig wurde. Ich weiß nicht so genau, wie ich mich fühlte. Bin ich mehr froh als traurig oder umgekehrt? Ich fragte ihn, wann er denn wieder mal in Holland sei, aber das wusste er noch nicht. Nächste Woche hat Opa Geburtstag. Ich hatte eigentlich gehofft, dass mein Vater dann dabei sein würde, aber ich glaube nicht, dass er kommt.

14:30 Wohnzimmer

Mehr froh als traurig.

Vielleicht darf mein Vater nur einfach noch nicht sagen, dass er zu Opas Geburtstag kommt. Meine Mutter ist ein paarmal ziemlich wütend geworden, wenn er mir ganz fest versprochen hatte, in Holland zu sein, und ihm dann plötzlich etwas sehr Wichtiges dazwischengekommen war. Ich verstehe das ja, aber meine Mutter nicht. Also darf er mir jetzt nichts mehr versprechen. Er hat bestimmt schon längst ein Ticket gekauft.

Habe auch eine Stunde nach David Bowie gegoogelt. Das ist ein ziemlich bekannter Rockmusiker aus England. Das Foto mit einem zweifarbigen Blitz auf seinem Gesicht ist auf der Vorderseite seines Albums *Aladdin Sane*, das 1973 rauskam. Bowie trug oft sehr exzentrische Outfits. Designer wie Alexander McQueen und Kansai Yamamoto entwarfen futuristische Kleidungsstücke für ihn.

16:00 In meinem Zimmer

Die Fliege für Opa ist fertig! Sie ist megaschön geworden. Alicia hatte genau so eine Fliege da liegen, wie ich sie machen wollte. Die konnte ich also gut gebrauchen, um den Schnitt nachzuzeichnen. Große Designer holen auch oft Kleidung aus den Vintage-Läden. Sie besorgen sich zum Beispiel ein schönes Kleid aus den Zwanzigern und nehmen es komplett auseinander, um die richtige Schnittführung nachzeichnen zu können. Im Internet habe ich auch noch ein sehr praktisches Video gefunden, in dem ein Engländer erklärt, wie man eine Fliege am besten bindet. Zum Schluss habe ich die Fliege noch an einem Samtbändchen befestigt, damit Opa sie umbinden kann. *Voilà!*

Jetzt noch die Tasche für den Pyjama. Ich habe genügend Stoff, um Papa auch eine zu machen.

18:00 In meinem Zimmer

Mit blauem und orangefarbenem Lidschatten einen Blitz auf mein Gesicht gezeichnet, einfach total abgefahren!

19:45 Im Wohnzimmer

Bowie-Post für meinen Blog gemacht. Ich hatte noch ein Vintage-Kleid, von dem ich mal die Ärmel entfernt hatte, weil nackte Schultern mehr Rock-'n'-Roll sind. Auf meinen linken Arm habe ich dann mit Schminke einen ganz großen Blitz gezeichnet. Und ich habe mein Pariser Hütchen aufgesetzt. Opas Fliege habe ich mir lose um den Hals gebunden. Ich habe das gesamte Outfit fotografiert und auch ein paar Details, wie etwa mein Armband und die Fliege.

20:30

Meiner Mutter erzählt, dass Papa vielleicht eine Bowie-WC-Brille macht und ich dann auch eine für die Wand über meinem Bett haben darf. Mama meint, er solle lieber was Nützliches machen, wie Wände mauern oder Dächer decken. Als ob es etwas Nützlicheres gäbe als eine WC-Brille!?

Mein Vater wohnt in einem ziemlich angesagten Schulgebäude in Shoreditch. Es gibt dort bloß kein Badezimmer, aber um die Ecke ist ein Schwimmbad – also – wen kümmert's?

21:00

Meine Nerven.

Meine Nerven.

Meine Nerven.

Einatmen, ausatmen.

Es ist nur eine Zeitschrift.

Die Leute dort stehen morgens auch unter der Dusche, putzen ihre Zähne und ziehen täglich frische Unterwäsche an. Es sind also ganz normale Menschen. Mit Laufmaschen in den Strumpfhosen. Sie müssen im Supermarkt auch an der Kasse warten.

Ich werde mein Bowie-Outfit genau jetzt der *ELLE* twittern!

The Style Tiger @thestyletiger

@ELLE_NL Habt Ihr auch so große Lust auf einen #BOWIErockmoment? Check The Style Tiger! ☺

WWWHHHAAAAAAA.

Fashion Sisters

Montag, 30. September

14:20 Französisch

Amanda trägt heute eine Fliege.

Dienstag, 1. Oktober

13:00 Bushaltestelle

Bruno gab mir einen High-Five! Und er zwinkerte mir zu. Das war echt witzig. Ich traf ihn kurz vor Mathe auf dem Flur. Dort liefen wir uns jeden Dienstagmorgen über den Weg. Ich war also schon im Vorhinein leicht nervös. Erst recht, weil ich ihn schon seit einer Woche nicht mehr gegrüßt hatte. Als er mich sah, tat er so, als würde er total erschrecken, und rief dann erleichtert: »Coco!«

Ich wurde knallrot.

16:00 Zu Hause

Nach der letzten Stunde bin ich ganz langsam zu meinem Rad gegangen. Habe ganz langsam mein Schloss losgebunden und ganz langsam an den Lenker gehängt. Dann noch ganz langsam nachgesehen, ob mir jemand geschrieben hatte. Ganz langsam so getan, als würde ich gerade noch neue SMS lesen. Ganz langsam alle alten Nachrichten auf meinem Telefon gelöscht. Ganz langsam meinen Schal umgebunden. Danach bin ich noch ganz langsam um die Schule herumgefahren. Aber kein Bruno. Ich frage mich echt, ob wir IRGENDWANN noch mal miteinander reden.

Donnerstag, 3. Oktober

09.30 Schulklo

Das Feastgirlz-Kit und die Friseurakademie reden nur noch übers Küssen. Amanda hat alle Artikel aus der *Girlz!* übers Küssen ausgeschnitten und in ein Büchlein geklebt.

Die Friseurakademie sagt jetzt so Sachen wie: »Ich frage mich ja, wie das ist, wenn ein Junge beim Küssen seine Zunge fest anspannt. Ich meine, ganz fest. Fühlt sich das dann an wie ein Gürkchen, was denkst du?« Oder: »Ich habe ja mal gelesen, wenn man ganz lange mit jemandem knutscht, also, ich meine echt sehr, sehr lange, dass sich dann das Profil der Zunge des anderen in deine Zunge einprägt. Wie eine Art Abdruck, weißt du? Das ist echt nicht cool.«

Oh Mann, was sind die blöd!

Ich konnte es allerdings nicht lassen und habe versucht, meine Zunge anzuspannen. Aber dabei fühlte sich die Zunge überhaupt nicht an wie ein Gürkchen. (Auf dem Schulklo, hat also keiner gesehen.)

Ob wirklich jeder die Zunge beim Küssen anspannt? Und was, wenn das jetzt wieder so etwas ist, das alle wissen? So wie jeder weiß, dass ein Fahrrad einen Lenker hat und Olivenöl aus Oliven gemacht wird, das weiß auch jeder. Aber was, wenn das mit dem Zungeanspannen genauso ist? Und alle wissen das, nur ich nicht?

OMG, ich sehe gerade, dass das Feastgirlz-Kit ihre Tasche bei den Klapptüren hat liegen lassen. Die Tasche mit dem Kussbuch drin …

14:30

Hahahahaha!

Ich habe vorhin noch ganz schnell das Kussbuch geklaut. Amanda war den ganzen Vormittag so auf einen der Jungs konzentriert, dass sie noch gar nichts gemerkt hatte. Auf dem Klo haben Jada und ich das Kussbuch dann durchgeblättert, was ziemlich witzig und auch beängstigend und sehr seltsam war. Jada hockte auf dem Klo (Deckel runtergeklappt) und ich auf ihrem Schoß.

Das stand da so ungefähr:

Wie werden (Zungen-)Küsse total schön? Erklärung!

Ein Zungenkuss beginnt mit einem langen Kuss.
Behalte deine Zunge erst einmal in deinem Mund, strecke sie nicht sofort aus.
Nach ein paar normalen, kurzen Küssen kannst du zu einem langen Kuss übergehen, ungefähr 5–10 Sekunden lang.
Danach streckst du deine Zunge ein kleines Stück heraus und suchst mit deiner Zunge seine Zunge.
Strecke die Zunge ruhig noch ein Stück weiter aus und lasse sie langsam um die andere Zunge kreisen.
Du kannst mit deiner Zunge auch über die andere Zunge streichen.
Mache alles ganz langsam.
Wenn du mit dem Küssen aufhören möchtest, schließe deinen Mund und beende das Küssen wieder mit einem langen Kuss.

Als wäre es ein Rezept für Mürbekekse!

Ich frage mich, ob man die Anleitung herausreißen muss, wenn man sich ans Küssen macht, damit man bei jedem Schritt auf den Spickzettel schauen kann.

Tipp! Zungenküssen mit einem Eis

Wenn du das Küssen üben möchtest, kannst du ganz einfach ein Wassereis benutzen, etwa ein Calippo oder ein Capri-Eis.

IGITT. Ich werde echt NIE küssen. Und bestimmt nicht mit einem Calippo. Dann küsse ich doch lieber ein Loving Kiss Magnum mit Meringue.

Freitag, 4. Oktober

08:00 Küche

Welttierschutztag. Foto von einem Babydelphin auf Facebook gestellt. Soooo süß!

21:00 In meinem Zimmer

War den ganzen Tag damit beschäftigt, Collagen für das Schaufenster zu machen. Auf Style.com habe ich mir alle Shows von Louis Vuitton angeschaut. Für die Sommerkollektion 2008 hatte er so eine Art modische Krankenschwester gemacht. Models mit weißen Hemdkleidern aus transparentem Stoff. Auf dem Kopf trugen sie weiße Schwesternhäubchen mit einem roten Buchstaben. Und wenn sie alle in einer Reihe standen, konnte man LOUIS VUITTON darauf lesen. Ich suchte ein Wort mit drei Buchstaben für die Hütchen meiner Fashion Sisters:

JOY
NEW
RO(C)K
BYE
OUI
BAD

Louis Vuitton

1854 begann Louis Vuitton Malletier in Paris mit der Produktion von Reisekoffern, Taschen und Accessoires. 1997 wurde Marc Jacobs zum Künstlerischen Direktor und entwarf die erste Kleiderkollektion für das Label. Damit die Taschen eine neue Stimmung bekommen, arbeitet Jacobs immer mit angesagten Künstlern zusammen. So beschrieb zum Beispiel Stephen Sprouse die Klassiker unter den Taschen mit fluoreszierenden Graffiti-Buchstaben. Seine Graffiti Logo Bag war ein voller Hit. Die japanische Top-Designerin Yayoi Kusama bedruckte die Taschen 2012 mit großen Punkten. Seit Jacobs bei dem Modehaus arbeitet, gehen die Taschen weg wie warme Semmeln.

Auf ein Blatt Papier zeichnete ich drei schneeweiße Kleider und in meinen alten Ausgaben der *Glamour* suchte ich nach weißen Stöckelschuhen und bunten Strümpfen. Über die Puppen schrieb ich BAD NURSES, ungezogene Krankenschwestern. Das fand ich witzig. Die Fashion Nurses From Hell ☺. (Das wäre glatt das perfekte Thema für das Schulfest, eine Tanzfläche voller rockender Krankenschwestern. Aber ich bin ja kein Festschlumpf.) Habe auch noch meinen roten Arztkoffer mit einer Plastikspritze und das Stethoskop vom Speicher geholt.

21:30

Das mit der Zunge gegoogelt.

Suchbegriff: »Zunge anspannen Gürkchen Zungenküssen«.

Aber nichts gefunden. Ich glaube nicht, dass es stimmt. In der *CosmoGIRL!* steht nämlich auch, dass man sich beim Küssen *ent*spannen soll! Wenn es also jemand wissen müsste, dann das Feastgirlz-Kit und die Friseurakademie, denn die haben eine Bibliothek voller Kusstipps.

22:00

In zwei Stunden hat mein Opa Geburtstag! *Joyeaux anniversaire* für meinen allerliebsten Opa!

Samstag, 5. Oktober

08:00 Im Bett

OMG. Schräg geträumt. Ich stand als Bad Fashion Nurse verkleidet auf dem Schulfest. Alle anderen kamen als Fußballhooligans.

Bruno griff nach meinem Stethoskop und legte es auf meine Brust. Aufmerksam lauschte er meinem Herzschlag. »Ich habe die Diagnose: Du bist total verrückt!«

09:30 In meinem Zimmer

Jipppiiieeeee!

Was bin ich froh, dass heute Samstag ist und ich meine eigenen Klamotten anziehen kann. Am liebsten hätte ich all meine Kleider übereinander angezogen, aber ich habe mich dann doch für mein rosa Lieblingskleid entschieden. Dazu einen Regenbogengürtel, schwarze Herzchenstrumpfhose und Leopardenschuhe. Alicia mailte ein Foto von einem hübschen Leopardenwebpelz. Den darf ich heute Abend mitnehmen.

16:00 Alicias Laden

Die Schaufensterpuppen stehen im frischen Schwestern-Outfit im Fenster! Es fühlte sich einfach toll an, heute Morgen in meinem Lieblingskleid mit dem Rad an den Grachten entlangzufahren. Die Morgensonne schien total schön – einfach traumhaft! Ich hatte alle Skizzen mitgenommen. Gestern habe ich noch schnell die weißen Schwesternhäubchen gebastelt. Mit Musik von Billy Holiday im Hintergrund. Alicia ist jetzt mal schnell zum Einkaufen gegangen und ich werde gleich die Perücken kämmen und dann sind die Bad Fashion Nurses perfekt.

Die Ladenglocke läutet.

FUCK.

16:20 WC

Es war Bruno.

Bruno stand mitten im Laden! Und ich saß hinter dem Tresen in einem rosa Kleid, Herzchenstrumpfhose und Leopardenwebpelz.

Bin jetzt erst mal in die Toilette geflüchtet. Ich musste einfach überprüfen, ob ich noch ein bisschen normal aussehe. Und mich kurz erholen.

Bruno hat sich neugierig meine Krankenschwestern angeschaut. Und auf einmal meinte er: »Supergutes Schaufenster. Wann bist du fertig mit Arbeiten?«

Ich bin fast vom Schemel gefallen.

»Eigentlich wollte ich dich nämlich etwas fragen«, sagte Bruno.

Da geriet ich total in Panik. Was, wenn er mich fragen wollte, ob ich mit ihm gehen will?

Bruno rieb sich mit der Hand über den Nacken. »Meine Mutter sucht nach einem Mädchen für eine Rubrik im *Mode Magazine*. Ein Mädchen mit einem besonderen Kleidungsstil.«

»Ich habe aber einen ganz normalen Stil.«

»Sehe ich.« Bruno nickte und zeigte mit dem Kopf auf meinen Webpelz.

»Das ist meine Arbeitskleidung«, sagte ich schnell.

»Es wäre für die Street-Style-Rubrik, vielleicht kennst du die ja?«, fragte Bruno.

Ich zuckte mit den Schultern. »Ich habe keine Ahnung von Mode.« Ich weiß nichts von Modezeitschriften. Ich weiß nichts von Street Style. Ich bin vollkommen normal angezogen, wie alle Mädchen auf meiner Schule.

»Trinken wir gleich einen Kaffee zusammen?«

Kommt gar nicht infrage, dass ich mich in meinem rosa Lieblingskleid mit Bruno in eine Kaffeebar setze, dachte ich. »Geht leider nicht. Ich muss mich beeilen, mein Opa hat heute Geburtstag.«

Bruno ließ aber nicht locker. Er wollte unbedingt einen Kaffee mit mir trinken. Um ihn davon abzubringen, fragte ich ihn, ob er vielleicht zu Opas Geburtstagsfeier mitgehen wolle. Das schien mir die beste Methode, mich vor dem Kaffeetrinken zu drücken. Dann könnte ich bei Opa eben einfach meinen Pelz anbehalten und Bruno würde mich nicht im rosa Kleid sehen.

Aber seine Antwort war Ja.

Shiiiiiiit.

Mode Magazine, Mode Magazine, Mode Magazine. Ich soll ins *Mode Magazine!*

17:00 WC Opa

Wir sind gemeinsam vom Laden zu meinem Opa gefahren. Unterwegs nannte ich allerlei Gründe, um Bruno dazu zu bringen, doch noch nach Hause zu fahren. Aber er war fest entschlossen, bei Opa einen Kuchen zu essen. Wie eine Irre überlegte ich mir einen Notfallplan: Bruno auf der Bank vor Opas Haus parken, in der Küche zwei Stück Kuchen holen, Kuchen schnellstens draußen aufessen und Bruno sofort wieder wegschicken. Aber daraus wurde nichts. Als wir mit den Rädern ankamen, stand die Haustür schon offen und Bruno ging ohne Zögern hinein.

»Meine liebe Coco!«, hörte ich aus dem Wohnzimmer. Mein Vater! Ich spürte Tränen in den Augen und rannte zu ihm.

»Wie hübsch du heute aussiehst!« Mein Vater klappte meinen Webpelz auf und hob mich anschließend in meinem rosa Kleid ein Stück vom Boden hoch.

»Arbeitskleidung«, schluchzte ich, während mir die Tränen über die Wangen liefen. Ich hatte Papa vor fünf Wochen zum letzten Mal gesehen. Es war so schön, dass er extra aus London hergeflogen ist!

Bruno gab meinem Vater die Hand.

»Ist das dein Freund?«, fragte Papa.

»Nein, das ist Bruno.«

Danach umarmte ich Opa ganz fest und gab ihm das Päckchen mit der Fliege. »Mach es ruhig nachher erst auf.«

»Bist du verrückt, Mädchen?« Opa streifte natürlich sofort das Papier ab.

Bruno guckte erstaunt. »Du machst Fliegen?«

»Das ist nur ein Stück Stoff, ganz simpel«, sagte ich schnell.

»Total cool! Ich will auch so eine! Fürs Schulfest.« Voller Bewunderung schaute Bruno mich an.

Danach ging alles schief. Mein Vater hatte eine ganze Tüte knallbunter Strumpfhosen von der Carnaby Street für mich mitgebracht. Und eine DVD von Bill Cunningham, einem Street-Style-Fotografen aus New York. Ich sagte, ich würde mich total darüber freuen, vor allem, weil es mal wieder etwas ganz anderes wäre.

Woraufhin mein Vater lauthals rief: »Coco, dein ganzes Zimmer ist voller Mode-DVDs!«

Ich konnte Bruno nicht anschauen. Es war mir total peinlich, ich hätte einfach mit ihm zur CoffeeCompany gehen sollen. Jetzt steht er da und plaudert mit meiner Mutter. Die kann unglaublich seltsame Sachen erzählen. Ich hoffe inständig, dass sie sich normal verhält. Ich gebe ihm jetzt schnell ein Stück Kuchen und dann werfe ich ihn raus.

17:40 Opas Schlafzimmer

Ich habe mich kurz hingelegt, sonst purzle ich gleich noch in den Geburtstagskuchen. Keiner erzählt einem, dass man von einem Kuss ohnmächtig werden kann.

Kaum hatte Bruno den letzten Bissen von seinem Kuchen hinuntergeschluckt, posaunte ich, es sei jetzt wirklich höchste Zeit für ihn, nach Hause zu gehen. Ich nahm seine Jacke vom

Sofa und schob ihn in die Diele. Unbehaglich stand ich neben ihm auf der Türschwelle.

»Ich sage meiner Mutter Bescheid, dass du am Mittwoch zum *Mode Magazine* kommst, okay?«, fragte er.

»Okay.« Ich rieb meine Hände über meine Oberschenkel, keine Ahnung, warum.

Bruno lachte. »Das Kleid sieht echt hübsch aus.«

»Wirklich?«

»Ja, sehr hübsch sogar.«

Mir fiel nichts mehr ein, was ich sagen konnte. »Na ja, dann tschüss.«

»Soll ich dich mit dem Rad zum *Mode Magazine* begleiten?«

»Das wäre gut, tschüss.«

Bruno schaute mich noch kurz an. Mit einem Lächeln oder so. Dann machte er ein paar Schritte auf sein Fahrrad zu. Plötzlich kam er zurück und gab mir einen Kuss. Auf die Wange. Dicht neben meinen Mund. Einen ganz langen. Mit großer Kusskraft. Und seine Hände berührten meinen Hals. Als würde er mich sanft streicheln. Schlagartig prickelte es überall.

»Also dann, tschüss«, sagte ich noch einmal. Danach habe ich noch fünf Minuten wie erstarrt in der Tür gestanden.

Papa ruft, ich soll jetzt mal runterkommen!

18:15 Opas Schlafzimmer

Mein Vater hatte das allerliebste Geburtstagsgeschenk für Opa. Er brachte ihm einen Hund mit! Einen kleinen schwarzen

Hund mit großen Ohren, beigefarbenen Pfoten und zwei Flecken über den Augen. Das herzallerliebste Hündchen, das ich je gesehen habe. Er heißt Hercules und kommt aus dem Tierheim. Sein altes Herrchen wollte ihn nicht mehr haben. Er wollte lieber eine Katze. Wie gemein! Hercules ist erst fünf Jahre alt. Jetzt darf er schön bei Opa wohnen! Opa streichelte Hercules zwischen den Ohren und umarmte ihn und der Hund leckte meinem Opa das ganze Gesicht ab.

»Liebes Tierchen«, sagte Opa.

Ich habe ihn noch nie so glücklich gesehen.

18:20

Papa und Opa sind zum Thai-Restaurant hinter der Nieuwe Kerk gegangen, um etwas zu essen zu holen. Kabeljau mit drei verschiedenen Saucen, Fischküchlein und Garnelen. Mmmmhhhh!

Ich passe in der Zwischenzeit auf Hercules auf. Er liegt auf dem Rücken, streckt die Pfoten zur Decke und ich kraule ihm seinen rosa Bauch. Ich frage mich, ob sein altes Herrchen ihn wohl selbst ins Tierheim gebracht oder ihn einfach im Wald zurückgelassen hat. So was macht man doch nicht!? Wie kann man nur ein Tier mit so lieben Augen einfach aussetzen? Ob er ihn zum Abschied noch einmal gedrückt hat? Und was sagt man dann? »Tut mir leid, Hund, ich brauche dich nicht mehr. Hoffentlich kommt bald jemand, der für dich sorgt. Halt die Ohren steif im Tierheim!«

18:30

Ich habe mal kurz im Internet nachgeschaut. Momentan sind 517 Hunde in einem Tierheim, 1175 Katzen und 364 Nagetiere. Es gibt auch ein Tier in der Kategorie »Sonstige«, das ist ein Hahn. Der konnte nicht so gut mit einem anderen Hahn, weil sie auf dieselben Hühner standen. Ich entdecke auf Anhieb rund zwanzig Hunde, die mir gefallen. Später hole ich auch einen Hund aus dem Tierheim. Und eine Katze.

Ich habe irgendwo mal gelesen, dass die meisten Menschen lieber einen Welpen hätten. Die finden sie niedlicher. Alte Hunde müssen viel länger im Heim sitzen. Aber Hercules ist mindestens so süß wie ein Welpe! Ich habe die Pyjamatasche für Opa unter sein Kopfkissen gelegt.

18:40

Auf dem Nachttisch steht das Hochzeitsfoto von Oma und Opa. Meine Oma trägt ein sehr schönes langes Kleid und Opa einen Anzug. Omas hellrosa Pantoffeln stehen immer noch neben dem Schrank und ihr Morgenmantel hängt an der Tür. Opa hat alles so gelassen wie damals, als Oma noch da war. Es ist bestimmt nicht schön, ganz allein hier zu wohnen. Zum Glück hat er jetzt einen Hund. Hercules hat gerade seine schwarze Nase unter meine Achsel gesteckt. So süß!

21:30 Küche

Mein Vater und mein Opa waren erst um halb neun vom Thai-Restaurant zurück und stanken nach den ekligen Coffeeshops auf der Damstraat. Papa behauptete zwar, sie hätten nur irgendwo Tee getrunken, aber ich weiß nicht, ob das stimmt. Ich meine, wer geht schon in einem Laden voller Hasch rauchender Touristen Tee trinken, wenn man auch um die Ecke vom Thai einen frischen Minztee trinken kann?

Sonntag, 6. Oktober

01:00 Auf Opas Sofa

Nach dem Essen hatte mein Vater die beste Idee aller Zeiten – er brachte seinen Stapel alter LPs zum Vorschein.

Ich habe auf dem iPad alle Videoclips dazu gesucht. Ich liebe diese alten Musikvideos. Es macht totalen Spaß, sich die ganzen Outfits anzuschauen.

Zu »Dancing in the Street« von David Bowie und Mick Jagger (auch ein alter Rocker) zogen Papa und Opa Regenmäntel an und begannen zu tanzen. Ich kriegte mich nicht mehr ein!

Habe auf Google alte Fotos von Mick Jagger gesucht. Er hat einen sehr großen Mund und tanzte gern in einer Leggings. *Smokey eyes* fand er auch ganz klasse!

Jetzt liege ich unter einer Decke auf dem Sofa. Opa hat einen Bettbezug aus dem Schrank geholt. Er riecht ein bisschen nach Oma, bestimmt hat sie ihn noch gewaschen. Hercules liegt an meinen Rücken gekuschelt, die Schnauze an meine Schulter gepresst. Liiehiieb!

Jetzt werde ich schlafen!

10:00 Opas Sofa

Wach!

10:45 Küche

Mein Frühstück:

- Spiegelei
- halbes Baguette mit Butter und Honig
- Croissant
- zwei Schokoplätzchen
- frisch gepresster Saft
- drei Tassen Tee

Frühstück Hercules:

- Schüssel Trockenfutter
- Schüssel Wasser

Offenbar macht Küssen ziemlich hungrig!

Uff. Ich leg mich noch ein bisschen hin.

11:30 Opas Sofa

Ich kann überhaupt nicht mehr schlafen. Eigentlich muss ich duschen, aber es wäre echt jammerschade um meine Wange. Vielleicht kann ich auch duschen, ohne mein Gesicht nass zu machen? Ich kann unmöglich meinen Kuss im Duschabfluss verschwinden lassen. Aber ich muss Haare waschen. Was für Probleme und ich bin erst dreizehn!

12:15 Küchentisch

Duschen und Haare waschen, ohne das Gesicht nass zu machen, ist möglich! Man muss den Kopf nur ganz in den Nacken legen wie beim Friseur. Mama hat heute schon dreimal angerufen und mich mit Hausaufgaben genervt, die ich unbedingt noch machen soll. Blablabla! Warum sollte ich sonntags Prismen zeichnen? Sonntag ist ein Ruhetag. Beim dritten Mal wollte sie Papa sprechen, ich sagte, der sei mit Hercules spazieren. Mein Vater hob den Daumen und meine Mutter fing sofort an zu jammern. Dass sie hoffte, er hätte nicht schon wieder irgendeine neue Freundin. Sie sagt immer, diese familiäre Unbeständigkeit sei schlecht für mich, aber meiner Ansicht nach erträgt sie das selbst nicht.

Ich beruhigte sie, indem ich meinte, Papa hätte mir gerade versprochen, den Rest seines Lebens als Mönch zu verbringen.

13:10

Papa hatte gerade eine *très bonne idée*: Wir gehen zusammen ins Reichsmuseum! Er glaubt, dass ich wegen der *Nachtwache* mitgehe, aber ich weiß, dass das Mondrian-Kleid von Yves Saint Laurent dort hängt, juchhuuu!

19:00 Zu Hause

Vor dem Reichsmuseum stand eine megalange Schlange, aber mein Vater hat eine Jahreskarte fürs Museum und damit konnten wir fix durchgehen. Ich zog ihn sofort mit in Richtung Modeabteilung. Leider kamen wir erst an einer riesigen Sammlung von Holzschiffen vorbei. Es waren bestimmt Hunderte und bei jedem Schiff blieb mein Vater mindestens eine Minute lang stehen. Ich hörte schon die Kleider aus dem 19. Jahrhundert rufen: »Coco, weitergehen, wir sind hier!«

Ich liebe diese alten Kleidungsstücke so sehr. Man sieht allerlei Dinge, die von heutigen Designern auch verwendet werden. Ein pistaziengrünes Kleid von 1810 hatte zum Beispiel gebauschte Schultern. Und die hat man jetzt auch bei den Jacken von Balmain. Ich sah auch einen tintenblauen wattierten Mantel, der problemlos als ein Viktor&Rolf durchgehen könnte. Es gab auch Vitrinen mit goldenen Juwelen und Uhren. Zu allen Ohrringen dachte ich mir ein schönes Abendkleid aus.

Danach fuhren wir noch mit dem Aufzug ganz nach oben. Mein Vater fragte, ob ich nicht zuerst *Die Nachtwache* sehen wolle. Aber ich sagte: »Wer will schon zur *Nachtwache*, wenn es einen echten Yves Saint Laurent gibt?«

Der ganze Aufzug lachte, aber es war kein Scherz. Oben eilte ich ohne hinzusehen an den Gemälden von Karl Appel vorbei in einen großen Saal. Dort wurde DAS Kleid auf einer Puppe präsentiert. Das erste Yves-Saint-Laurent-Kleid, das ich in echt gesehen habe! Ich hielt den Atem an. Das Kleid wurde 1965 geschneidert. Und wenn man sich den Stoff genauer anschaut, merkt man sofort, dass er dick und wollig ist. Der Entwurf ist von dem niederländischen Künstler Piet Mondrian inspiriert. Mondrian malte ganz abstrakte Bilder mit Flächen in Rot, Gelb, Blau, Schwarz und Weiß. Ich habe das Kleid bestimmt

eine Viertelstunde bestaunt. Dann wollte mein Vater einen Kaffee trinken.

Im Café bestellte mein Vater einen Espresso und ich einen frischen Minztee. Ganz langsam trank ich mein Glas leer. Denn nach dem letzten Schluck wäre mein Tag mit Papa so gut wie vorbei und er würde wieder nach England zurückfahren. Ich bekam immer mehr Bauchschmerzen.

19:20 In meinem Zimmer

Auf dem Nachhauseweg stellte mir mein Vater lauter seltsame Fragen über Bruno.

Was macht sein Vater?

Raucht er?

Treibt er Sport?

Wie macht er sich in der Schule?

Ist er polizeibekannt?

»Jetzt reicht's aber!«, rief ich nach der letzten Frage.

Danach wollte er wissen, wie ernst das mit Bruno ist.

Darauf sagte ich, dass wir gar nichts miteinander haben.

Mein Vater meint, man soll einem Jungen auf keinen Fall hinterherlaufen. »Du musst ein seltenes Häschen sein, Coco, nimm dir ein Beispiel an deiner Mutter.«

Die Geschichte habe ich schon öfter gehört. Jungs sind Jäger. Sie wollen eine Herausforderung. Ein Häschen, das schwer zu fangen ist.

»Ich bin eher ein Tiger«, sagte ich. Damit bezog ich mich natürlich auf meinen Blog.

Mein Vater prustete laut los. »Nein, du bist kein Tiger, Coco. Ab-so-lut kein Tiger, Coco.«

Okay. Dann bin ich eben ein Häschen. Ein ganz seltenes Häschen. Eins, das nicht zu fangen ist, aber jetzt schon seit gut 25 Stunden auf das Smartphone starrt.

Warum schickt Bruno mir keine Nachricht? Mir fielen hundert Dinge ein, die er mir über WhatsApp schicken könnte:

Wollen wir Eis essen gehen?

Wollen wir morgen gemeinsam mit dem Rad in die Schule fahren?

Wollen wir nach der Schule zusammen Hausaufgaben machen?

Wollen wir ins Kino gehen?

Ich habe heute Nacht kein Auge zugemacht. Ich bin total in dich verliebt, Coco! Xxxxxxxxxxxx

So ungefähr halt, das ist doch wirklich nicht schwer, oder?

Vielleicht sollte ich ihm einfach selbst eine Nachricht schicken. Einfach etwas Sachliches. Eine Frage zu Mathe oder Englisch.

Okay, ich bin ein sehr geduldiges Häschen. Die schicken keine Nachrichten.

19:30

Facebook gecheckt, Bruno hat heute nichts gepostet. Auch nicht auf Twitter.

Bestimmt fühlt er sich nicht gut.

Soll ich ihm gute Besserung wünschen?

Oder er ist ganz einfach müde.

20:30 Im Bett

OMG.

Ich kann es nicht glauben.

20:31

Hallo, hallo. Lebe ich noch? Bin ich auf der Erde? Oder hat mich ein Märchenbuch verschluckt?

20:50

Ich habe einen Retweet von *ELLE!*

Mein *Little Black Kimono* hat 472 Retweets!

21:10

OMG, auf der Website von *ELLE* ist ein ganzer Artikel über *The Style Tiger*. Mit fünf Fotos! Ich stehe auf der *ELLE*-Website. Ich stehe auf der *ELLE*-Website. Ich, Coco, stehe auf der Website der *ELLE*.

21:20

Blog ist explodiert! 1200 Visits!

22:00

Wie lange kann man auf einen einzigen Artikel starren?

Ich drehe durrrch!

Montag, 7. Oktober

06:20

Hypernervös. In zweieinhalb Stunden sehe ich Bruno wieder! Was soll ich bloß zu ihm sagen?

10:00 Englisch

Bruno noch nicht gesehen. Jada trägt einen schwarzen Kimono! So ein chinesisches Morgenmäntelchen mit einem knallroten Drachen darauf. Es steht ihr supergut. Sie erzählte, sie habe den Kimono auf der Website von *ELLE* gesehen. Sie trägt also eigentlich meine Jacke. Ich fühle mich fast ein wenig schuldig. Der Rest der Klasse ist mir ziemlich egal. Aber es gefällt mir gar nicht, Jada anzulügen. Auch wenn ich nicht wirklich gelogen habe. Ich habe ihr nur nicht alles erzählt. Ich frage mich, warum ich ihr nicht einfach sage, dass *The Style Tiger* mein Blog ist. Es ist schon auch eine blöde Situation. Erst fand sie Modeblogger arrogant, aber jetzt findet sie sie total toll. Ich will, dass mich meine Freundin um meiner selbst mag. Nicht, weil ich The Style Tiger bin. Also bleibe ich lieber normal. Eine ganz normale Freundin ohne Blog.

Ich habe ihr auch nichts von Brunos Kuss erzählt. Aber Jada findet Bruno ja sowieso wischiwaschi. Und es war ja auch nur ein einziger Kuss. Auf die Wange. Wenn ich richtig mit ihm ginge, würde ich es auch sagen.

Glaube ich.

11:20 Schulklo

Kein Bruno. Vielleicht ist er wirklich krank.

Morgen ziehe ich meine eigenen Klamotten in die Schule an. Ein kleiner Federschmuck muss doch möglich sein. Oder fällt das doch zu sehr auf?

Dienstag, 8. Oktober

08:00 Im Bett

Geträumt, dass Bruno krank im Bett lag. Er trug einen Kuschelbär-Pyjama und Fußballsocken. Ich pflegte ihn, verkleidet als Louis-Vuitton-Schwester. Während Bruno schlief, erwachte der Lots-of-Love-Bär auf seinem Pyjama zum Leben und streute überall in Brunos Zimmer silberne Herzchen für uns. Ich schlief neben Bruno ein, meine Wange an seiner Schulter.

Aaaaah.

09:45 Geschichte

Bruno war wieder in der Schule. Habe ihn gleich am Eingang getroffen. Ich freute mich so sehr, ihn wiederzusehen, dass ich gleich über den Schulhof rannte. Aber als er mich bemerkte, sagte er nur »Heeey Coco« und ging sofort rein.

12:30 Pause

Habe heute meinen gelben SMILE-Pulli angezogen. Und gestreifte Strümpfe. Dazu trage ich meine Herzchenbrille. Nach der ersten Stunde schaute mich das Feastgirlz-Kit böse an und sagte: »Nachmacher!«

Excusez-moi? Amanda lief selbst mit meinem Federhaarband herum. Wer macht denn hier wen nach?

13:30 Mathe

Am Ende der Pause traf ich Bruno bei den Schließfächern. Er winkte mir wortlos zu. Ich kapiere die Jungs nicht, echt nicht. Mal küssen sie einen fast auf den Mund und dann laufen sie einfach an einem vorbei. Ich frage mich, ob er zwischen Samstagnachmittag und heute jemanden getroffen hat. Vielleicht ein irre gut aussehendes neues Nachbarmädchen? Eins mit einem Hintern wie Victoria's-Secret-Model Candice Swanepoel?

16:45 Zu Hause

Nach der letzten Stunde kam Bruno zu meinem Klassenraum. Morgen fahren wir zum *Mode Magazine*, ich sterbe jetzt schon.

Ich fragte, ob er ein Stückchen mit mir nach Hause radeln wolle, aber er sagte Nein.

Okay, dann eben nicht.

Zum Glück traf ich danach Ferry im Fahrradschuppen. Er wohnt eigentlich in einem Vorort, aber er begleitete mich das ganze Stück bis zur Rozengracht. Ich musste auf dem Weg so viel lachen, dass ich fast vom Rad fiel. Ferry gab unablässig damit an, wie gut er doch küssen könne. Und dass er für das Schulfest ganz große Kusspläne hat. Er sagte, mit seinen Tanzmoves könnte er jede dazu bringen, mit ihm herumzuknutschen.

Ich fragte ihn, was er sagen würde, wenn Candice Swanepoel mit ihm gehen wollte.

»Sorry, aber den allerschönsten Hintern hat Coconuts«, war seine Antwort.

Ich liebe Ferry!

Mittwoch, 9. Oktober

07:00 In meinem Zimmer

Geduscht. Jetzt heißt es: Tasche füllen mit Style-Tiger-Kleidung für den Shoot fürs *Mode Magazine*.

Und überlegen, was ich heute in die Schule anziehe. Ich glaube, es wird meine Kimonojacke mit einer schwarz-weiß gestreiften Strumpfhose und Tiger-Loafers. Die dazu passenden Tigerohren stecke ich auch in meine Tasche; sie in der Schule aufzusetzen, traue ich mich doch noch nicht.

14:00 Empfangstresen *Mode Magazine*

Ich sitze am Empfang von *Mode Magazine*. Zitternd. An der Wand hängen überall postergroße Zeitschriftencover. Direkt über mir hängt das Cover mit Lara Stone in einem Valentino-Kleid. Auf meinem Schoß liegt eine Ausgabe des *Mode Magazine*. Und darin versteckt mein Tagebuch. Bruno hat mich gerade hier abgesetzt. Durch die Glastür sehe ich, dass er immer noch da steht. Er ist mitten in Geschichte reingeplatzt, um mich abzuholen. Zu Herrn Hulleman hat er einfach gesagt, ich müsste ihm ganz dringend bei einem Interview über die zunehmende Straßenverschmutzung im Viertel helfen. Danach radelten wir gemeinsam zur Redaktion am Koningsplein. Unterwegs bin ich vor lauter Nervosität mindestens drei Tode gestorben. Es hilft auch nicht gerade, dass Bruno heute einen grau-schwarz gestreiften Pullover trägt, dazu einen dunkelgrünen PLO-Schal und eine graue Basecap. Er sieht echt unglaublich gut aus. Und er hat mich die ganze Zeit angelächelt.

Beim Supermarkt am Koningsplein bremste Bruno. »Schau, da ist das Büro meiner Mutter.« Er zeigte auf die hohen Fenster über dem Supermarkt. Ich parkte mein Fahrrad an einem Brückengeländer und machte das Schloss fest. Einen Moment lang standen wir ein wenig unbeholfen auf der Brücke herum.

»Na, dann gehe ich wohl mal rein«, sagte ich.

Bruno gab mir einen High-Five. Zum Glück. Wenn er mich wieder geküsst hätte, wäre ich bestimmt in die Gracht gestürzt.

»Dicken Kuss für meine Mutter!«, rief Bruno.

Tssss, als ob ich mich das trauen würde! Ihm ist wohl nicht so ganz klar, dass seine Mutter – Renu Peverelli, Chefredakteurin des *Mode Magazine* – für mich wie eine Halbgöttin ist.

Während ich klingelte, schaute ich noch kurz zu Bruno. Er schaute zu mir. Und jetzt guckt er immer noch.

Shit, die Tür geht auf.

14:30 In der Modeecke

Waaaaaoooooouuuuuwww. Ich bin in einem Raum, der als Kleiderschrank von Kate Moss durchgehen könnte. Oder dem von Beyoncé oder Lady Gaga. An den Wänden stehen überall Garderobenständer mit Kleiderstangen voller Klamotten. Ich glaube, das sind die Themen für die Trendseiten. Ein Ständer ist

ganz im Stil der Louis-Vuitton-Winterkollektion gehalten. Über dem zweiten hängen Fotos von den Mänteln aus der letzten Show von Stella McCartney. Es gibt auch Jacken von River Island, Only und Acne in Stellas Stil. Ich würde fast noch tiefviolette Strümpfe dazuhängen. Oder ein hauchdünnes Abendkleid. Mit den gestreiften Socken von Miu Miu. Und metallic Peeptoes. Und eine hellrosa Spacebrille dazu. Ooooh, ich will hier arbeiten!

Eine Praktikantin hat mir die Redaktion gezeigt. Ich hatte wieder mal jede Menge Filzpüppchenmomente: Vor lauter Nervosität brachte ich kein Wort heraus. Die ganze Zeit dachte ich nur: Ich bin beim *Mode Magazine*, ich bin beim *Mode Magazine*. Es war wie bei einem Song, den man morgens im Radiowecker hört und den ganzen Tag nicht mehr loswird. Es half überhaupt nicht, mir einzureden, dass all diese Damen hier heute Morgen auch Zähne geputzt und frische Unterwäsche angezogen hatten.

Die Praktikantin heißt Gidi und ist gerade im dritten Studienjahr beim AMFI, der Modeakademie von Amsterdam. Ihr Schultag besteht hauptsächlich aus Modezeichnen, Modegeschichte, Modedesign, Modetechnologie und Modestyling. Aaaarrrgggh.

Jetzt warte ich auf das Interview mit einer Redakteurin, die noch kurz in einer Besprechung ist. Gidi fragte, ob ich mich schon mal für das Foto umziehen wolle. Es gibt hier sogar eine echte Umkleide! Mit Vorhängen aus knallrosa Samt.

14:35 Modeecke

Mein rosa Geburtstagskleid für das Shooting angezogen. Das passt auch sehr gut zu meiner gestreiften Strumpfhose. Dazu noch violette Peeptoes. Die Tigerohren dürfen natürlich auch nicht fehlen.

Jetzt streichle ich die Stöckelabsätze von Prada und habe ein echtes Viktor&Rolf-Jäckchen entdeckt. Es ist aus pfirsichfarbener Seide, einfach überirdisch, so zart und glatt. Arrrgggrrrr.

14:45 Modeecke

Gidi hat mir einen Tee gebracht. Frischen Minztee mit einer grünen Pistazienmacaron. Und das allerallerallerneuste *Mode Magazine*. Gerade erst aus der Druckerei. Das riecht köstlicher als frisch gebackenes Brot. Und ich bin die Allererste, die es liest. Die Besprechung dauert wohl ein wenig länger, ich muss also noch ein bisschen warten. Aber das finde ich gar nicht so schlimm. Ich bleibe einfach die ganze Woche hier sitzen. Oder das ganze Jahr. Oder mein ganzes Leben. Ich gehe nie wieder nach Hause. Wenn es sein muss, kette ich mich hier an die Kleiderständer – wie eine dieser Greenpeace-Aktivistinnen.

Habe alle Zeit der Welt, um schon mal die Fragen für das Interview zu üben.

Wer ist dein großes Vorbild?

Meine Oma.

Hast du ein Lieblingskleidungsstück?
Mein rosa Kleid, definitiv das beste für Feste. Schon als kleines Mädchen träumte ich davon, an meinem Geburtstag das allerschönste Kleid zu tragen. Ich habe sogar ganze Skizzenbücher voller Geburtstagskleider gezeichnet. Am liebsten trage ich dieses Kleid aber an einem trüben Tag, dann wird er doch noch ein wenig festlich.

Was ist dein größter Modeschnitzer?
Schwimmflossen zu einem Kostümfest. Sie bringen die Beine nicht wirklich zur Geltung und man kann unmöglich darin tanzen.

Welchen Print trägst du am liebsten?
Ich liebe Leoparden!

Welches Mode-Item steht ganz oben auf deiner Wunschliste?
Ein Vintage-Flatterkleid. Das It-Kleid der Zwanzigerjahre. Damals trugen Frauen zum ersten Mal in der Geschichte Röcke bis übers Knie. Und eine hautfarbene Strumpfhose dazu, damit sie ihre Beine gut zeigen konnten. Mädchen aus dieser Zeit tanzten wild drauflos in diesen Kleidern. Mit Cloche-Hut und langen Halsketten, so elegant!

Welches ist dein Lieblings-Modezitat?

»The best color in the whole world is one that looks good on you.«

Die beste Farbe der ganzen Welt ist die Farbe, die dir am besten steht. – Coco Chanel.

Warum haben deine Eltern dich Coco genannt?

Ich heiße wie der Hauspapagei in ihrer Lieblingssnackbar.

Aaaaaarrrrggggh.

Ich bin vor allem deswegen Fan der *Roaring Twenties*, weil in dieser Zeit das *garçonne* hip war. Damals war es total cool, als Mädchen eine jungenhafte Figur zu haben. Aber das sage ich lieber nicht im Interview. Es geht schließlich niemanden etwas an, dass ich kaum Hintern und Brüste habe.

Ich habe meine Füße kurz auf einen Schuhkarton von Louboutin gestellt und einen Hauch Mademoiselle Coco aufgesprüht. Eigentlich bin ich relativ relaxed. Ich fühle mich hier wie zu Hause. Eigentlich mehr als in meinem eigenen Zimmer. Sogar mehr als in meinem eigenen Kleiderschrank. In meinem Kopf zwitschern lauter Vögel herum, wie in der Werbung für das Parfüm Coco von Chanel. Pfieeeeeuw. Pfieeeeeeeeuw. Pfüüüüüütttt.

15:30 WC *Mode Magazine*

WTF?

16:40 WC *Mode Magazine*

Als sich die Tür zur Modeecke wieder öffnete, wurde dieser Tag mit jeder Minute verrückter. In der Redaktion herrschte totaler Stress. Brunos Mutter hatte rote Flecken im Nacken und mir wurde auch sofort klar, weshalb: Die Chefredakteurin vom *Mode Magazine* lief fluchend durchs Gebäude.

»Wo ist das Model?«, fauchte sie eine Assistentin an. »Wo ist das karierte Dries-van-Noten-Jäckchen? Wo ist das rosa Moschino-Cheap-&-Chic-Kleid?«

Sie fauchte sogar noch mehr als alle Feastgirlz zusammen!

Während die gesamte Redaktion wie Ameisen auf High Heels durch den Raum wimmelte, stand ich in meinem rosa Kleid auf dem Schreibtisch von Brunos Mutter und fühlte mich alles andere als wohl. Ich hatte keine Ahnung, warum sie mich dort oben platziert hatten, aber es war durchaus ein prima Platz. Jedenfalls stand ich nicht im Weg rum. Und hier oben konnte mich auch keiner umrennen. Es war wie die Reallife-Version von *Der Teufel trägt Prada.* Kleiderständer rollten vorbei. Modelle wurden präsentiert, die Reißverschlüsse von Kleiderhüllen aufgezogen, Seidenschals drapiert. Gidi öffnete einen Schuhkarton nach dem anderen. Und die Chefredakteurin schüttelte immer nur den Kopf.

Nach einer halben Stunde wurde ich es ein wenig leid. Doch plötzlich stand Brunos Mutter vor dem Schreibtisch, auf dem ich immer noch wartete. Sie hat pechschwarze Haare, gewaltige Augenbrauen und einen Blick, mit dem man jemanden buchstäblich zu Tode erschrecken kann. Verglichen mit ihr wirkt Anna Wintour, die Chefredakteurin der US-amerikanischen *Vogue*, geradezu freundlich und nett. Mit offenem Mund betrachtete sie mein Kleid.

»Von welchem Label ist dieses Kleid?«, fragte sie.

»Vintage«, murmelte ich.

»Wer hat dich so angezogen?«

»Ich mich selbst«, rutschte mir raus.

»Hast du schon Pläne für heute Abend? Wir brauchen dringend ein Model für die Sendung von *De Wereld Draait Door* – die Talkshow, du weißt schon –, und du hast genau die richtigen Maße.«

Brunos Mutter sah mich flehend an. »Bruno kommt bestimmt mit. Ich hole euch auch leckere Scones vom Bäcker.«

Ich konnte gar nicht anders als zusagen.

»Ruf deine Mutter kurz an und frage sie, ob du darfst«, sagte Brunos Mutter.

Ich nickte. Als würde ich meine Mutter anrufen! Ich gab vor, ihre Nummer zu suchen, und presste mir das Telefon ans Ohr. Nach ein paar Sekunden sagte ich ganz laut: »Hallo Mama! Ich darf mit dem *Mode Magazine* zu *DWDD*.« Einen Augenblick lauschte ich aufmerksam. »Ja, ich finde es auch total klasse. Ich bin auch sehr stolz auf dich! Ich muss mich beeilen, hab dich lieb!« Dann tat ich, als würde ich auflegen.

»Erledigt. Meine Mutter wartet jetzt schon ganz gespannt vor dem Fernseher.«

In dem Moment war ich noch superhappy. Ich traue mich fast nicht, es zu sagen, aber ich dachte wirklich, ich sei als Model entdeckt worden. Die nächste Cara Delevingne oder Lara Stone. Plötzlich fühlte ich mich wie eine der Finalistinnen von Holland's Next Top Model. Ich war auch sehr zufrieden mit mir selbst. Mit meinem geraden Pony, meinem Mund, meinen Zähnen, Beinen, Augen, meinem Hintern, mit allem. Als hätte ich einen Kanister mit 80 Litern Selbstbewusstsein getrunken.

Aber danach ging alles schief. In der Redaktion stand plötzlich ein Ständer voller Kleidungsstücke im Stil von The Style Tiger. MEINEM Stil! MEIN rosa Korsett. MEIN T-Shirt mit bretonischen Streifen. MEIN Vintage-Galliano-Jäckchen … Gidi steckte wie eine Irre Fotos von meinem Blog an die Wand. Ein Foto von meinem gelben SMILE-Pulli. Ein Foto mit meinen eroberten Fußballsocken. Ein Foto von dem rosafarbenen Geburtstagskleid, das ich auch jetzt trug. Ich verschränkte die Arme, als wäre mir ganz kalt.

»Das ist doch echt seltsam«, stammelte die Chefredakteurin, während sie von dem Foto an der Wand zu meinem rosa Kleid starrte. »Ich habe mein gesamtes Team eingesetzt, um so ein Kleid zu finden. Und du trägst zufällig genau dieses Modell. Wo hast du das Kleid gefunden?«

»Auf dem Noordermarkt«, sagte ich schnell.

»Hast du eine Schwester?«, fragte die Chefredakteurin. »Hast du dir dieses Kleid vielleicht von ihr geliehen?«

Meine Lippen waren wie erstarrt, daher schüttelte ich nur den Kopf.

Die Chefredakteurin schaute mich an, als wären wir gerade mitten in einem Verhör auf dem Polizeipräsidium. »Hast du jemanden in der Familie, der in der Modebranche arbeitet?«

»Meine ganze Familie ist auffällig schlecht angezogen.«

»Kennst du The Style Tiger?«

Ich schüttelte noch einmal den Kopf. Meine Beine zitterten immer heftiger.

»Wenn du The Style Tiger zufällig triffst, kannst du ihr sagen, dass wir unbedingt die Erstrechte haben wollen? Sie kann einen ganzen Berg Louis-Vuitton-Schuhe von mir bekommen. Und ein Viktor&Rolf-Jäckchen. Ich habe auch Schränke voller Designertaschen. Sie darf sich fünf davon aussuchen. Oder zehn oder wie viele auch immer – sie kann alles von mir haben, wenn ich nur die Erstrechte kriege!«

In meinem Kopf drehte sich alles. Ein Viktor&Rolf-Jäckchen. Ich, Coco, bekam gerade ein echtes Viktor&Rolf-Jäckchen und einen ganzen Berg anderer Modeaccessoires angeboten. Ich müsste dafür nur zugeben, dass ich The Style Tiger bin. Und in der Talkshow auftreten. Dann weiß heute Abend das ganze Land, wer hinter dem Blog steckt. Wahrscheinlich kann ich schon morgen nicht mehr unerkannt über die Straße gehen. Journalisten belagern unser Haus. Die Hölle bricht los! Ich dachte noch kurz an das schöne Jäckchen. Aber es ist nur ein Jäckchen. Und ich will mein Leben so behalten, wie es ist.

»Wirklich – ich habe keine Ahnung, wer dieser Tiger ist«, sagte ich daher so selbstsicher wie möglich.

Die Chefredakteurin gab mir ihre Visitenkarte. »Falls du es dir doch noch überlegst. Behalte dieses Kleid ruhig an. Und dazu schöne mintgrüne Vuitton-Schühchen.«

Ich sprang vom Tisch und rannte zum WC.

Ich wurde also gar nicht ausgewählt, weil ich aussehe wie ein Model, sondern weil ich wie ICH aussehe. Der Beitrag in der Talkshow handelt von MEINEM Blog. Sie gehen ins Studio, um über MICH zu sprechen. Und sie suchen ein Model, um zu zeigen, wie ICH aussehe.

Heute Abend bin ich im Studio ein Model, das MICH darstellen soll. Ich, Coco, stehe in zwei Stunden als Coco – The Style Tiger – vor der Kamera.

16:55

Smartphone gecheckt. Drei Mails und fünf Nachrichten vom *Mode Magazine* mit der Bitte, heute Abend zur Talkshow zu kommen. Auch eine Mail von einem Redakteur der Show.

Einatmen, ausatmen.

Vielleicht sollte ich einfach davonlaufen. Aber dann wissen sie ganz sicher, dass ich The Style Tiger bin.

In einer halben Stunde fahren wir mit einem Taxi zum Talkshowstudio.

17:55 WC *DWDD*-Studio

Habe gerade Moderator Matthijs van Nieuwkerk die Hand gegeben. Wäre mein Leben ein Zeichentrickfilm, hinge ich jetzt mit den Fingerspitzen an einer Klippe über einer lebensgefährlichen Schlucht, während über mir ein hungriger Raubvogel lauert. Meine Louis-Vuitton-Schuhe sind schon in die Schlucht gestürzt und nach zehn Minuten habe ich noch immer keinen Aufprall gehört. Die Schlucht ist also ziemlich tief. Gleich komme ich als Ankleidepuppe ins Fernsehen. Und Bruno sitzt unter den Zuschauern. OMG! Ich muss jetzt schon in die Maske.

18:00 Garderobe

Meine Haare und ich sind geföhnt und gestylt – damit waren sie gut eine halbe Stunde beschäftigt. Sie haben mich richtig hübsch geschminkt. Ich habe jetzt auch so Puppenaugen mit sehr langen Wimpern – wie die Schauspielerin Carice van

Houten. Nicht, dass sie ins Bild kämen, zum Glück. Aber der Visagist sagte, ich hätte sehr schöne Augen und es mache ihm Spaß, sie zu schminken.

Jemand ist zu einem Laden mit Festartikeln geradelt und hat eine Tigermaske gekauft. Gott sei Dank darf ich sie während der gesamten Sendung aufbehalten!

Ich habe mir dann selbst noch ein Herzchen aufs Handgelenk gezeichnet, das hatten sie vergessen. Die Chefredakteurin vom *Mode Magazine* lässt mich zum Glück in Ruhe. Allerdings hat sie auch sehr eifrig mit den anderen Chefredakteuren über The Style Tiger spekuliert – hoffentlich haben die sie auf andere Gedanken gebracht.

Der Gast des Abends ist der Rapper Ali B. Er saß neben mir in der Maske und jammerte immer wieder, seine Haare hätten noch nicht genügend Glanz. Ich glaube, im Grunde seines Herzens wäre er wahnsinnig gern ein Model für L'Oréal.

18:15 Garderobe

Total durcheinander. Warum bin ich nicht einfach superhappy? Ich habe wirklich allen Grund dafür:

- Die Chefredakteurin vom *Mode Magazine* mag meinen Stil.
- Ich habe ein Viktor&Rolf-Jäckchen gestreichelt.
- Ich bin in den Studios der bekanntesten Talkshow des Landes.
- Mein Blog wird gleich bei ihnen vorgestellt.
- Ich habe vier Mode-Gurus aus nächster Nähe gesehen.

– Bruno sitzt unter den Zuschauern.

– Ich habe wunderschöne Puppenaugen.

Während der Sendung springe ich dann einfach auf den Tisch, reiße mir die Maske herunter und rufe ganz laut: »Ich bin The Style Tiger, ich bin Coco! *Mode Magazine*, *Vogue* und *ELLE* sind meine Fans! Immer her mit dem Viktor&Rolf-Jäckchen! Ich folge in Zukunft nur noch meinem Herzen! Da können Sie machen, was Sie wollen, Frau Vergeer. Und du auch, Mama.«

Aber dann bricht natürlich die Hölle los auf Twitter. Und in der Klasse. Meine ganze Schule dreht durch. Ich bin mir auch ganz sicher, dass die Feastgirlz lauter gemeine Sachen sagen werden. Vielleicht kommen ja auch Journalisten und interviewen die Schüler. Was sie denen wohl erzählen? »Coco? Die sieht immer aus wie eine graue Maus.« »Coco? Sie meinen den Clown?« »Coco? Reden Sie etwa von dem bedauernswerten Mädchen, das nur eine Freundin hat?«

Wie würde Bruno darauf reagieren?

19:10 Garderobe

In fünf Minuten muss ich ins Studio. In meinem eigenen rosa Kleid. Mit gestreiften Strümpfen von Miu Miu und mintgrünen Louis-Vuitton-Stöckelschuhen. Und einem violetten BH von Agent Provocateur. Ich weiß gar nicht mehr, was mir am meisten Angst macht:

– die 1,3 Millionen Zuschauer

– der Verdacht von Chefredakteurin Renu

– Bruno, der im Saal sitzt
– der Kameramann, der auch ziemlich gut aussieht
– die Augen von Moderator Matthijs
– der Pulk der anwesenden Mode-Gurus
– meine Vuitton-Stöckelschuhe (sie sind HOCH!)
– die fettigen Haare von Ali B.
– dass mich jemand erkennt
– dass meine Maske herunterfällt
– dass nachher alle wissen, dass ich The Style Tiger bin – auch die Feastgirlz und die Friseurakademie.

Und meine Mutter.

Und Alicia.

Und Jada.

Und Bruno.

Fast stürze ich in die Schlucht.

21:30 Zu Hause

Meine Hände zittern. Wie verrückt. Je länger ich meine Hand anschaue, desto mehr zittert sie. Vielleicht ist es ja ein lokales Erdbeben. Auch wenn es dann sehr lokal sein muss, denn bei meinem Kuscheltier Snoopy rührt sich nichts.

21:45 In meinem Zimmer

Ich bekomme gerade eine Nachricht von Jada. Das Thema für das Schulfest ist THE STYLE TIGER. Und sie sagt, ich soll mir unbedingt noch mal *DWDD* anschauen.

21:55

OMG.

OMG.

OMG!

22:00 Im Bett

Kurz vor Beginn der Sendung saß ich hinter den Kameras an einer Bar. Zum Glück war ich nicht im Bild. Ich zitterte wie Espenlaub und hatte auch leichte Atemprobleme wegen der Maske. Matthijs van Nieuwkerk hatte noch mit dem Publikum gesprochen. Währenddessen wurden Lodewijk Asscher und Ali B. zum Tisch begleitet. Asscher ist ein sehr netter Mann, auch wenn ich nicht mehr so genau weiß, was er eigentlich macht. Aber in dem Café, in dem wir uns vor der Sendung versammelt hatten, hatte er mir den Keks gegeben, der neben seiner Tasse lag – ohne dass ich danach gefragt hätte. Die Stühle in der ersten Reihe waren für die Chefredakteure der Modejournale, Bruno saß hinter seiner Mutter im Publikum. Matthijs setzte sich zwischen seine beiden Gäste an den Tisch und die Sendung begann. Zuerst ging es um Ali B. Der Rapper bat um Aufmerksamkeit für einen anderen Rapper aus Südafrika. Dazu schauten wir einen kurzen Film. Danach kam ein Interview mit Asscher. Matthijs machte die ganze Zeit ein sehr strenges Gesicht, lächelte aber auch gelassen. Ich hoffte, ich würde gleich auch so ruhig bleiben.

Das zweite Thema in der Show war Natur. Ein Förster erzählte von Tieren, die im Winter größerer Gefahr ausgesetzt waren, gefressen zu werden, weil sie sich nicht mehr hinter grünen Bäumen und Sträuchern verstecken konnten. Das konnte ich mir gut vorstellen, denn ich hatte in diesem Moment auch ein sehr großes Bedürfnis nach mehr Schutz. Am liebsten wäre ich ganz tief in einen Kaninchenbau gekrochen und hätte einen langen Winterschlaf gehalten.

Während ein Film über Schakale lief, rückte die Modedelegation an den Tisch. Matthijs bekam eine Extraschicht Puder und fragte, ob seine Frisur noch gut saß. Ich durfte mich schon mal neben die Kamera stellen. Ich konnte es immer noch nicht fassen, dass ich im selben Raum stand wie die vier Modefrauen. Immerhin wollte ich später genauso sein wie sie! Und gleich würde ich auf 500 000 Bildschirmen zu sehen sein – einfach unglaublich! Eine Redakteurin des Programms legte ihren Arm um mich. Ich glaube, sie spürte, wie meine Schultern zitterten, denn sie fragte: »Geht's denn?«

Kurz bevor der Film zu Ende war, holte ich tief Luft. Cécile Narinx auch. Karin Swerik fuhr sich mit der Hand durch die blonden Haare. Renu stieß einen kleinen französischen Seufzer aus. Milou van Rossum checkte schnell ihre dunkelroten Lippen. Matthijs räusperte sich ein paarmal und wandte sich dann der Kamera zu. Wir waren wieder live.

»Galakleider mit Basic-T-Shirts, Kimonojäckchen mit Unterröcken, punkige Brautkleider und rebellische Fußballsocken. The Style Tiger ist momentan die aufregendste Modesensation. Am Tisch sitzen die vier Grandes Dames der Modewelt unseres Landes. Cécile Narinx von *ELLE*, Renu Peverelli vom

Mode Magazine, Karin Swerink von *Vogue* und Milou van Rossum von der Zeitung *NRC*. Willkommen, meine Damen. Cécile, würden Sie uns den Style von The Style Tiger einmal näher beschreiben? Erzählen Sie uns, was genau an diesem Modetiger so faszinierend ist?«

»Sie zieht die unglaublichsten Dinge aus dem Schrank und es passt einfach alles zusammen. The Style Tiger ist die Königin der schrägen Kombis. Wo jede andere völlig danebenliegen würde, stimmt bei ihr alles. Dahinter muss jemand mit einer anspruchsvollen Ausbildung stecken, Saint Martins in London zum Beispiel oder FIT in New York.«

»Sie denken an eine ausländische Studentin?«

»Nein, sie ist auf jeden Fall Niederländerin«, sagte Cécile. »Ich spüre, dass diese Viktor&Rolf-Wurzeln tief sitzen. Auch wenn sie ein wenig vom britischen Rockstil beeinflusst ist, von coolen Mädels wie Lourdes Leon und Peaches Geldof.«

»Für eine Studentin spricht sie vielleicht auch zu schlechtes Englisch?«, meinte Matthijs.

Milou schlug mit einer Hand auf den Tisch. »Das gehört zum Act, Matthijs, auch das passt zu ihrem Stil. Ihre Ausdrucksweise, diese neue Ikone pfeift auf die gefestigte Ordnung. Bei jedem anderen würde man sich daran stören, aber nicht bei diesem Modetiger. Es erinnert mich irgendwie an den Grungelook von Marc Jacobs aus den Neunzigern, aber sie spannt den Bogen noch ein Stück weiter. Fast ein wenig launisch.«

»Ich sehe auch einen deutlichen Flirt mit Hedi Slimane von Saint Laurent Paris«, sagte Renu.

Cécile und Karin nickten zustimmend.

Matthijs streckte einen Finger in die Luft. »Können wir kurz ein Foto sehen?«

Auf den Monitoren erschienen zuerst Fotos der Frühjahrskollektion 2008 von Marc Jacobs, *Mary Poppins goes Dubai*. Das ist eine meiner Lieblingsshows. Danach kamen noch Fotos von Models in zarten Blumenkleidchen und groben Westen auf einer Show von Saint Laurent Paris.

Renu ergriff wieder das Wort. »Ich denke an ein viel jüngeres Mädchen, ein Schulmädchen wie Tavi Gevinson. Das ist eine bekannte Bloggerin aus Illinois, die mit dreizehn entdeckt wurde. Mit ihrem Modeblog thestylerookie.com hat sie unzählige Mädchen inspiriert. Vielleicht trägt The Style Tiger deswegen eine Maske. Das würde auch gut zum Alter passen.«

Mein Herz setzte einen Schlag aus. Am liebsten hätte ich mich hinter der Bar versteckt oder wäre aus dem Saal gerannt. Halt den Mund, Renu, dachte ich, halt bloß den Mund!

»Karin?«, fragte Matthijs.

»Nein, das ist ganz klar die Arbeit eines Profis. Sehr gut möglich, dass eine große Kette dahintersteckt. H&M, Monki oder River Island. Pfiffiges und spannendes Marketing. Wer weiß, vielleicht lancieren sie gerade eine neue Linie und das ist der Startschuss?«

»Cécile, was halten Sie von der Idee einer Marketingaktion?«

»Es fällt schon auf, dass The Style Tiger selten ein Label trägt. Sie nennt zwar welche, trägt sie aber fast gar nicht.«

Auf dem Monitor hinter Matthijs huschten ständig Fotos von meinem Blog vorbei.

Ali B. erhob sich von seinem Stuhl. »Man sieht doch ganz deutlich, dass das eine Jugendliche ist – da muss man sich nur mal die dünnen Beinchen anschauen!«

Das Publikum musste lachen, ich nicht.

Zum Glück waren auch die Modedamen *not amused*. Sie schüttelten missbilligend den Kopf.

»Ich denke da eher an die Beine von Carice van Houten«, sagte Karin.

»Für eine Jugendliche hat sie wirklich ein etwas zu geniales Modehirn«, ergänzte Milou.

Die Worte »geniales Modehirn« hallten in meinem Kopf nach.

Matthijs wandte sich wieder an Renu. »Renu, Sie als Modeexpertin können uns bestimmt mehr über The Style Tiger erzählen.« Er verschränkte die Arme und lehnte sich zurück.

Das war mein Zeichen.

Die Redakteurin von *DWDD* gab mir einen sanften Schubs in den Rücken.

Ich ging zum Tisch. Es fühlte sich an wie fliegen. Ich hatte jegliche Kontrolle verloren.

»Darf ich das Foto mit den Korsetts noch einmal sehen?«, fragte Milou plötzlich.

Matthijs schaute auf den Monitor, auf dem ein Foto des Schaufensters erschien.

»Das ist das Boudoir de Paris an der Rokin. Ich habe mir dort neulich genauso eins geliehen für ein *NRC*-Fotoshooting«, sagte Milou.

»Haben wir eine Telefonnummer?«, rief Matthijs und trommelte mit den Händen auf den Tisch. Jemand aus der Redaktion rannte los.

Sechs Mal war das Freizeichen zu hören. Dann hörte ich Alicias Stimme.

»Hallo, hier ist Matthijs van Nieuwkerk von *DWDD*. Sprechen wir mit The Style Tiger?« Matthijs kicherte wie ein Mädchen. Das Publikum war mucksmäuschenstill.

»Bitte?«

»Hier spricht Matthijs van Nieuwkerk. Wir hatten gerade eine ganz verrückte Idee. Stimmt es, dass Sie The Style Tiger sind?« Er rieb sich mit einem Finger an der Nase.

Einen Moment war es still. Danach räusperte sich Alicia. »Sie sind auf der Suche nach der Modebloggerin? Ich liebe ihren Stil, aber ich bin es leider nicht selbst.«

»Aber vielleicht können Sie einen kleinen Zipfel des Schleiers für uns lüften? Wie ich hörte, kommt sie regelmäßig zu Ihnen in den Laden?«

»Das kann durchaus sein. Es kommen sehr viele Stylisten zu mir«, antwortete Alicia gelassen.

Der Regisseur wedelte hinter der Kamera aufgeregt mit einem Zettel.

Matthijs ignorierte ihn. »Sie haben diesen Modetiger also durchaus mal gesprochen? Geben Sie uns doch ein paar klitzekleine Einzelheiten. Ist sie eine Stylistin? Eine Schauspielerin? Vielleicht eine Schülerin?«

Die Musikband setzte ein, Matthijs konnte gerade noch Cécile Narinx eine Hand geben und sich von den Zuschauern verabschieden. Dann war die Sendung vorbei.

Ich habe noch ein Autogramm von Ali B. bekommen und wir sind zusammen auf einem Foto. Er wollte unbedingt eins machen. Ich habe gesagt, dass seine Locken schön glänzten. Natürlich wäre ich lieber mit den Chefredakteurinnen von *Vogue* und *ELLE* auf dem Foto gewesen, aber ich traute mich nicht, sie zu fragen. Auch wenn sie wirklich sehr nett waren. Sie haben beide eine Tochter. Könnte ich das doch nur sein!

Nach der Sendung habe ich sicher 20-mal mein Telefon gecheckt, aber keine Nachrichten. Niemand hat mich erkannt. Wenn Jada mich im Fernsehen sieht, würde sie mich bestimmt mit WhatsApps überschütten. Auch auf Facebook keine Reaktionen. Ich ging mit Bruno durch die Bar im Vorraum, in der sich die Leute aus dem Publikum noch ein wenig unterhielten.

Ich war ziemlich aufgeputscht. Meine Wangen glühten immer noch von der Wärme im Studio.

»Geht's dir denn gut?«, fragte Bruno.

»Ich ersticke gleich.«

»Komm, wir kühlen uns draußen ein bisschen ab.« Bruno nahm meine Hand und zog mich ins Freie.

Es war schon dunkel. Der Herbstwind blies an den alten Fabriken auf dem Gelände entlang. Die Terrasse der Pacific-

Bar war von bunten Lämpchen umsäumt. Brunos Hand fühlte sich angenehm an. Ich durfte nur nicht allzu viel darüber nachdenken, sonst würde meine Hand wieder zu zittern beginnen. »Konnte man sehen, dass ich es war?«, fragte ich ihn, als wir auf dem Weg Richtung Deich liefen.

»Ich erkenne dich immer an deinem Gang.«

»Hast du mein Gesicht unter der Maske gesehen?« Ich musste wissen, ob ich wirklich nicht zu erkennen war.

»Ich twittere gern für dich, dass du das warst«, sagte Bruno.

»Neihein!«, rief ich. Ich hörte, wie meine Stimme sich überschlug.

»Das war ein echt cooler Beitrag, ich bin auch ein Fan von diesem Style Tiger«, sagte Bruno.

Ich wurde fast eifersüchtig auf meinen eigenen Blog.

»Dein Kleidungsstil ist ziemlich ähnlich«, fuhr er fort.

Jetzt wurde ich knallrot, zum Glück war es schon dunkel.

»Warum startest du nicht deinen eigenen Modeblog, Coco? Coco, la fashionista?«

»Das ist überhaupt nichts für mich.«

Ich habe keine Ahnung, wie das aus meinem Mund kam, aber es fühlte sich absolut nicht gut an.

»Ich finde, du hast einen sehr angesagten Kleiderschrank.«

»Aber ich sehe auf Fotos immer blöd aus.«

»Quatsch, du bist immer total hübsch auf den Fotos auf Facebook. Ich kann dir auch gern bei einem Blog helfen.«

Das fand ich so lieb! Ich zögerte – sollte ich Bruno von meinem Blog erzählen? Er fände es bestimmt genial. Aber seine Mutter arbeitet beim *Mode Magazine*. Und wenn die es weiß, steht es morgen überall im Internet. Ich sollte lieber den Mund halten.

»Warum bist du eigentlich in den ersten Wochen in so langweiligen Klamotten herumgelaufen?«, fragte Bruno bei der Brücke.

»Langweilig?«, rief ich gespielt beleidigt.

»Ich meine, so wie du jetzt aussiehst, wirkst du viel mehr wie du selbst, Coco.«

Ich erzählte ihm von dem Clown-Zwischenfall. Und von Amandas Bemerkung. Bruno findet Amanda auch unglaublich dämlich.

An seinem ersten Schultag hatte er eine megacoole Vintage-Büchertasche von Episode dabei. Aber nachdem ihn zwei Mädchen als blöden Nerd bezeichnet hatten, hat er einen Rucksack von Eastpak gekauft. Den hatte jeder.

»Coco, der ulkige Zirkusclown«, sagte Bruno lachend, als wir wieder beim Studio angekommen waren. Er pikste mich in die Schulter. Danach legte er einen Arm um mich. »Bist du mit dem Rad hier oder mit dem Zirkuswagen?«

Ich versetzte ihm einen Schubs.

»Ich glaube, eine rote Clownsnase stünde dir auch prächtig. Und so große Clownsschuhe!«, rief er.

»Aber dann von Prada!«

Bruno stellte sich ganz dicht vor mich. »Modeclownchen, wie klein bist du eigentlich?«

Seine Stimme klang tief und dunkel. Mein Bauch war auf

einmal voller Schmetterlinge. »Viel zu klein für den Zirkus!«, rief ich und löste das dicke Kettenschloss von meinem Rad.

Bruno begleitete mich bis zu unserem Haus. Vor der Tür gab er mir einen High-Five. Kurz hielt er meine Hand fest. »Schlaf schön, Fernsehstar.«

Ich hoffte auf einen Kuss, aber er radelte einfach davon. Buuuuhhuuuu. Ich bin ein Clown, den niemand küssen will.

Donnerstag, 10. Oktober

02:00

Ich habe geträumt, ich wäre die Tochter der Chefredakteurin der *Vogue*. Wir wohnten zusammen in einem begehbaren Wandschrank in Paris. Abends schminkten wir uns wie Geishas: weiße Gesichter, blaue Wangen und violette Lippen. Und wir zogen bodenlange Abendkleider als Pyjamas an. Sie war sehr stolz auf mich, egal, wie es in der Schule lief. Im Bett las sie mir aus der Biografie von Coco Chanel vor. Bei dem Kapitel über das Little Black Dress schlief ich ein. Als ich wieder wach wurde, lag Bruno neben mir im Bett.

02:25 Im Bett

Keine SMS. Und nur mein Snoopy-Kuscheltier in meinem Bett. Und ich bin auch nicht geschminkt wie eine Geisha.

07:15 Im Bett

6000 Besucher auf meinem Blog. Ich gehe heute nicht in die Schule.

08:30 Im Bett

Meine Mutter glaubte mir sofort, dass ich mich nicht gut fühlte. Sie fand, ich sähe wirklich schlecht aus. Bleich und mit Ringen unter den Augen. Meinen roten Wangen traute sie auch nicht. Ich hatte ganz fest reingekniffen, deshalb glühten sie auch. Sie glaubt, dass ich Fieber habe. Also liege ich jetzt mit einer Paracetamol, einer Wärmflasche und frisch gepresstem Saft im Bett. Und genau dort bleibe ich auch. Für den Rest meines Lebens.

11:30 Im Bett

Nachricht von Jada. Nachricht von Bruno. Mama hat zweimal von der Arbeit aus angerufen.

Alicia hat auch angerufen. In der Nachricht auf dem Anrufbeantworter fragt sie, ob ich *DWDD* gesehen hätte. Die werde ich auf keinen Fall zurückrufen. Ich habe *DWDD* nicht gesehen. Mein Name ist Hase und ganz bestimmt nicht The Style Tiger. Und ich weiß von nichts. Ich habe auch keinen Blog. Mode interessiert mich nicht.

12:30 Im Bett

Auf Twitter ist ein Spekulationswettbewerb ausgebrochen. Schauspielerin Lieke van Lexmond glaubt, mein Blog sei eine

Aktion von *Vogue*. Saxofonistin Candy Dulfer tippt auf das Model Christina Curry. Schauspielerin Georgina Verbaan schreibt, es könnte vielleicht der Moderator Matthijs van Nieuwkerk selbst sein. Und setzt hinzu: Er hätte dann richtig tolle Beine. #styletiger ist Gesprächsthema Nummer eins.

Es ist nur noch eine Frage der Zeit. Bald stehen sie vor der Tür. Und dann werde ich dran glauben müssen.

16:00 Im Bett

Die Street-Style-Rubrik für das *Mode Magazine* ist gestrichen. Im November bringen sie eine Spezialausgabe über The Style Tiger. Dafür können sie keine Fotos von mir gebrauchen. Zumindest glauben sie das.

20:00 Im Bett

Ich gehe schlafen. Morgen bleibe ich auch zu Hause.

Freitag, 11. Oktober

16:00 Zu Hause

Mit Opa und dem süßen kleinen Hercules eine Runde durch den Westerpark gelaufen, um ein bisschen frische Luft zu schnappen. Opa fand, ich sähe aus, als hätte ich Grippe. Beim Bäcker einen frisch gepressten Fruchtshake getrunken, Opa hatte einen Milchkaffee. Und Hercules bekam einen Napf mit Wasser. Später werde ich einen Hundeausführservice gründen. Und dann mit 15 lieben kleinen Herculeshunden gemütlich durch den Park spazieren. Ich ziehe meinem Blog den Stecker raus.

Und jetzt gehe ich wieder schlafen.

Hello Twiggy

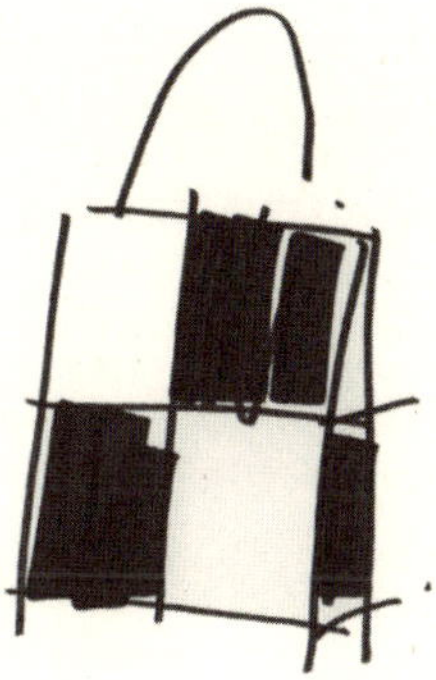

Samstag, 12. Oktober

09:00 Im Bett

Wach geklingelt worden von Alicia. Bin aber nicht ans Telefon gegangen. Sie hat eine Nachricht hinterlassen und fragt, ob ich heute bitte etwas früher kommen könnte, weil schon jetzt eine lange Schlange vor dem Laden stehe. Neeeeeeiiiiiin! Decke über den Kopf gezogen.

09:30 Im Bett

Twitter von oben bis unten durchgescrollt. Mein Name wird nirgends genannt. Verdächtigt werden nach wie vor bekannte Persönlichkeiten. Aber ich habe jede Menge Fotos von Mädchen mit Tigermasken gesehen. Wie idiotisch! Sie posieren genau wie ich. Mein Blog fühlt sich gar nicht mehr wie meiner an. Als wäre er von einem völlig anderen Mädchen. Einem lässigen Modemädchen voller Selbstbewusstsein. Einem Mädchen, das am Samstagmorgen in ihrem Vintage-Valentino-Kleid an den Grachten entlangradelt. Einem Mädchen mit mindestens tausend netten Freundinnen. Und mit einem Freund. Bestimmt kann sie auch sehr gut küssen. Sie ist immer fröhlich und hat nie Probleme mit einem nervigen Stimmchen, das immer wieder ruft: »Du bist so unglaublich DUMM!« Und sie liegt auch sicher nie in einem verwaschenen Zoo-T-Shirt im Bett und zittert wie Espenlaub. Ich wünschte, ich hätte ein bisschen mehr Ähnlichkeit mit dem Mädchen von diesem Blog.

Keine seltsamen Freundschaftsanfragen auf Facebook bekommen. Auch auf meinem Blog wird mein Name nicht erwähnt.

Keiner weiß, dass ich es bin.

Keiner weiß, dass ich es bin.

Vielleicht bin ich es ja auch gar nicht. Vielleicht habe ich ja gar keinen Blog. Wahrscheinlich habe ich nur Halluzinationen. Und bald werde ich im Krankenwagen zu einem Heim für verrückte Mädchen gebracht. Dort werde ich mich bestimmt sehr wohlfühlen. Ich hätte dort auch viel weniger Sorgen. Man braucht sich dann zum Beispiel nicht mehr den ganzen Tag zu fragen, ob man sich auch normal verhält, denn das erwartet dort keiner.

Wie fühlt sich Cara Delevingne wohl, wenn sie ihren eigenen Namen googelt? Alles an Cara ist cool. Coole Klamotten, coole Posen, coole Augenbrauen, coole Nase, cooles Lachen, coole Beine, cooler Bauch, coole Haare, coole Augen. Ihre Schwester heißt Poppy, auch cool. Aber ich wüsste gern, ob Cara sich auch so fühlt. Ob sie bei jedem Foto, das im Internet auftaucht, denkt: Oooh, da ist ja wieder so ein tolles Foto von mir! Was bin ich doch megacool! Ich schmücke das ganze Haus mit Girlanden, schalte eine Konfettikanone ein und bestelle eine Torte, um zu feiern, wie wahnsinnig *fab* ich bin. Aber vielleicht liegt sie ja auch mal heulend im Bett und liest die *Grazia*, weil sie sich nicht mehr auf die Straße traut. Vielleicht hat sie ja auch mal extremes Herzklopfen vor lauter Angst. Ein ziemlich cooles Herzklopfen, das dann schon.

Es fühlt sich an, als würde jemand einen Trommelwirbel mit zwei Schlagstöcken darauf veranstalten. Ein Solo vom Bowie-Schlagzeuger. Immer, wenn ich denke, es ist vorbei, haut er wieder drauf. Mein Herz ist bestimmt schon violett. Von wegen cool. Ich könnte Alicia anrufen und einfach sagen, dass ich krank bin. Aber dann steht sie ganz allein im Laden.

Alicia kann ja schließlich nichts dafür. Und sie ist immer so lieb zu mir.

Da ist mein Stimmchen wieder: »COCO, DU BIST SO UNGLAUBLICH DUMM UND GAR NICHT NETT.«

09:35 Aus dem Bett

So, geht doch. Meine Füße sind schon mal aus dem Bett. Jetzt duschen und dann wird der Batman in mir bestimmt von alleine wach. Ich werde Alicia helfen.

Zisch ab, Stimmchen. Flieg auf die Malediven oder nach Sansibar und ärgere dort ein paar exotische Tiere. Aber lass MICH bitte in Rrruhe!

10:00 Vor meinem Kleiderschrank

Zeit für ein rebellisches Outfit:

- graues T-Shirt mit meinem Fransen-Bikinitop darüber
- Hotpants mit goldenen Pailletten
- grasgrüne Strumpfhosen
- Leoparden-Vans
- goldene Kette mit großem Apfel dran
- rote Yankee-Basecap
- seidener Morgenmantel meiner Mutter mit violetter Spitze als Mantel
- dicker Schal

Rihanna, *eat your heart out.*

10:30 Auf der Brücke

Ich stehe auf der Brücke vor dem Boudoir de Paris. Viel Betrieb ist eindeutig untertrieben. Der Laden ist ein richtiges Modeschlachtfeld. Es sieht aus wie bei der Einführung von Isabel Marant für die H&M-Kollektion oder am Tag nach dem Nationalfeiertag. Das Schaufenster ist total verwüstet und alle Schaufensterpuppen sind nackt.

Am Fenster klebt ein Sticker: MODE MAGAZINE'S CHOICE. Auf dem Bürgersteig wimmelt es nur so vor hippen Amsterdamer Mädchen. Das Stimmchen ist zurück und ruft jetzt ganz laut: »SIE SIND ALLE GEKOMMEN, UM DICH AUSZULACHEN!« Ich drehe JETZT auf dem Absatz um. Shit. Alicia hat mich schon gesehen.

14:00 Alicias Laden

Das war also Cocos Leben. Ich bin tot. Vor Erschöpfung tot umgefallen im Boudoir de Paris.

Ihr könnt von mir Abschied nehmen auf dem Oudezijds Voorburgwal, wo ich gemeinsam mit meinem Kleiderschrank zu Konfetti verarbeitet werde.

Dresscode: Stimmiges Dunkelviolett und ein Diadem mit Tigeröhrchen.

Feastgirlz sind nicht willkommen!

15:30 Alicias Laden

Endlich sitze ich mal auf meinem Hintern. Den ganzen Vormittag über herrschte Hochbetrieb, mir blieb kaum Zeit, um mit Alicia zu reden. Erst habe ich versucht, ein wenig Ordnung in die Regale zu bringen, aber das hatte überhaupt keinen Sinn. Danach habe ich Alicia bei der Kasse geholfen. Weil die Kleiderständer immer leerer wurden, bat mich Alicia, aus dem Lager neue Kartons zu holen, damit alles so schnell wie möglich wieder aufgefüllt werden konnte. Doch sobald ich einen Karton öffnete, flogen die Kunden auf mich zu und bedienten sich selbst. Einige zeigten mir auch auf ihren Handys Outfits von meinem Blog und fragten, ob wir etwas Ähnliches dahätten. Also verhalf ich allen zu den richtigen T-Shirts, Strümpfen und Schuhen. Vor dem Spiegel gab ich dann noch Tipps, wie man die Kleidungsstücke mehr im The-Style-Tiger-Stil tragen könnte. Ein paar Kunden bohrten auch nach, ob ich wüsste, von wem der Blog sei. Und ob ich sie vielleicht mal in echt gesehen hätte. Ich tat dann immer ganz geheimnisvoll. Im letzten Karton waren fünf rote Galakleider. Mit dem Dampfgerät habe ich alle Knitterfalten herausgeholt. Das ist eine total nette Arbeit. Eigentlich hatte ich immer mehr Spaß an der Sache bekommen. Ich fand es megacool, dass alle Kundinnen mit Klamotten in meinem Stil zur Tür rausgingen. Das Stimmchen in meinem Kopf begann sogar zu rufen: »COCO, DU BIST GENAUSO COOL WIE CARA!«

Und exakt in dem Moment waberte eine gewaltige Haarlackwolke zu mir herüber. Das Unheil nahte! Amanda, flankiert von der Friseurakademie, stand im Laden. Mit dem gesamten Festkomitee. Und ganz ehrlich – in dem Moment wäre es mir lieber gewesen, wenn mein eigenes Stimmchen ganz blöde Sachen zu mir gesagt hätte. Dann hätte ich Amandas Stimme nicht hören müssen. Vor allem nicht, als sie »Hallo Coco der Clown!« durch den ganzen Laden brüllte.

Amanda flog fast die Treppe hoch in den ersten Stock, wo ich mich versteckt hatte.

»OMG, du hast ja deinen Bikini an!«, waren ihre nächsten Worte.

Ich hätte ihr natürlich erzählen sollen, dass es sich um einen Fransenbikini handelte. Dass Isabel Marant genauso ein T-Shirt mit Fransen in ihrer Kollektion hat. Und dass der Morgenmantel meiner Mutter dem Ganzen einen coolen Galliano-Twist verpasst. Dass ich die Cap und die goldene Kette für das raue Bronx-Gefühl trage. Aber abgesehen von einem unverständlichen Piepsen brachte ich nichts raus.

Anschließend ignorierte mich Amanda komplett. Sie stellte die Feastgirlz in einer Reihe vor den Spiegel und zog für jede einzelne ein Outfit von den Ständern. Sie kleidete das Festkomitee ein, als wäre sie selbst der Modetiger. Die ganze Zeit über rief sie: »Das ist echt Style Tiger!«, »So würde The Style Tiger das nie tragen« oder »Oh là là, Style-Tiger-Chic!«

Einen Augenblick dachte ich an die Karte von Loesje über meinem Schreibtisch: »Sei du selbst, es gibt schon so viele andere.« Und einen winzigen Moment lang wollte ich Amanda erzählen, dass ich der Style Tiger bin. Dass all diese Fotos von mir stammen. Dass in ihrem Kalender lauter Abbildungen aus meinem Kleiderschrank kleben. Aber ich fand es dann doch irgendwie zu schade. Da beschimpft sie mich ständig als Clown, gleichzeitig aber kopiert sie meinen gesamten Schrank. Eigentlich ist das die beste Methode, mich für alle ihre Feastgirlz-Gemeinheiten zu rächen. Nach einer Stunde rechnete sie einen ganzen Berg von Klamotten ab. 235 Euro! In Gedanken gab ich Alicia einen High-Five.

»An deiner Stelle würde ich mal über dein Outfit nachdenken, denn was du da trägst, ist nicht besonders Style Tiger!«, rief Amanda von der Türschwelle. Sie winkte zum Abschied wie eine Prinzessin.

Was sind das doch für ein Haufen gemeiner Feastbiester.

Es macht mich aber auch traurig, dass sie meinen Stil nur auf meinem Blog cool finden. Und wenn ich sie selbst anhabe, dann finden sie meine Kleidung total uncool. Das bedeutet also, dass sie mich blöd finden.

18:30 Alicias Laden

Alicia holt uns gerade etwas zu essen. Gleich dekorieren wir das Schaufenster noch einmal neu. Alicia sagt, dass sie sich über so viel Aufmerksamkeit sehr freut. Das alles nur dank des Beitrags in *DWDD*. Und sie sagte auch, das Mädchen, das dort Model stand, habe es ziemlich gut gemacht. Vielleicht war ich also doch nicht so schlecht!

Das *Mode Magazine* bringt nächsten Monat eine Spezialausgabe mit den besten Modeadressen in Amsterdam raus – und das Boudoir de Paris steht auf Nummer eins. Am Montag kommen sie und wollen Fotos machen, das Schaufenster muss also perfekt sein. Ich muss die ganze Zeit an Twiggy denken. Twiggy ist ein britisches Supermodel aus den Sechzigerjahren. Eine Stilikone, die noch immer ganz viele Designer inspiriert. Twiggy mit ihren hübschen Puppenaugen, ihren kurzen Röcken, weißen Strümpfen und Mary-Jane-Schuhen. Alicia hat ein ganzes Buch über sie. Twiggy trug eine Kurzhaarfrisur, dicken Eyeliner um die Augen und künstliche Wimpern. Ich finde es megacool, dass sie mit einem dünnen Pinsel die unteren Wimpern so schminkte, dass sie wie schwarze Sonnenstrahlen wirkten. Vielleicht hatte sie sich ja diese Puppenaugen an einem Tag ins Gesicht gemalt, als sie mal nicht so fröhlich war. Ich mache aus den Schaufensterpuppen lauter Twiggys mit kreidebleichen Pierrot-Gesichtern. Mit einem Drachentattoo als Träne. In kurzen A-Linienröckchen. Mit weißen Hüten und violetten Pompons auf dem Kopf. Gut so, Stimmchen, denk du ruhig ganz viel an Twiggy.

21:30 Zu Hause

Mein Outfit für das Schulfest:

- gelbes Twiggy-Kleid (von Alicia bekommen!)
- weiße Strumpfhose mit schwarzen Punkten (Punkte mache ich selbst mit Textilfarbe)
- Twiggy-Augen mit künstlichen rosa Wimpern
- Schuhe???

22:00 In meinem Zimmer

Heimlich Amandas Fotos auf Facebook angeschaut. Sie hat gerade 30 Fotos von der Anprobe im Boudoir de Paris gepostet. Ich sehe, dass sie auch ein ganzes Album mit dem Titel THE STYLE TIGER erstellt hat. Ihr Profilbild ist ein Foto von mir im Streifenkleid und rosa Strümpfen. Haha!

Sonntag, 13. Oktober

10:00 In meinem Zimmer

DWDD noch einmal angeschaut. Eigentlich war ich nicht lang im Bild, nur eine Minute und dreiundvierzig Sekunden. Und absolut nicht zu erkennen.

12:00 Wohnzimmer

Jada kommt heute Mittag vorbei, wir wollen unsere Outfits für das Schulfest zusammenstellen. Sie hat alle Fotos von meinem Blog ausgedruckt, hat sie mir gerade über WhatsApp mitgeteilt. Ich fühle mich immer schuldiger. Aber wenn ich es ihr jetzt sage, dann weiß sie, dass ich sie in den letzten Wochen immer belogen habe. Deshalb ziehe ich jetzt schnell alles aus meinem Schrank, was auf den Fotos zu sehen ist, und stopfe es in eine Mülltüte. Mein gelbes Twiggy-Kleid hängt schon am Schrank.

Ich muss auch noch einen neuen Artikel für meinen Blog schreiben!

18:00 In meinem Zimmer

Jada war um halb zwei da. Erst haben wir zusammen Toasts gemacht. Ich hatte sicherheitshalber doch all meine Klamotten im Wohnzimmer bereitgelegt. In meinem Zimmer habe ich immer Angst, dass da noch Style-Tiger-Sachen rumschwirren. Nach den Toasts haben wir ganz laut Musik angemacht. Jada hatte ihren halben Kleiderschrank in eine Sporttasche gestopft. Wir haben alle ihre Klamotten auf Kleiderbügeln an den Schrank gehängt. Innerhalb von fünf Minuten sah das Wohnzimmer aus wie ein großer begehbarer Kleiderschrank. Jada konnte sich nicht entscheiden, ob sie als Bad Fashion Nurse oder als Royal-Rock-Indianer gehen sollte. Ich sagte, ein Bad Fashion Doctor würde besser zu ihr passen. Ein Arzt in Pyjamahose, weißem Hemd und Kimonojäckchen. Mit einem Stethoskop als Kette und einem rosafarbenen Mundschutz. Jada fand das aber nicht so Style Tiger.

Okaaaay.

Ich schaute all ihre Klamotten durch und nahm ihre Haremshose, in die ich so verliebt bin.

»Ist das nicht ein bisschen langweilig?«, fragte Jada.

»Nicht mit einem Rockshirt.« Ich suchte das Nirvana-T-Shirt von meinem Vater und legte es zur Haremshose auf den Boden. Mit ihren violetten Blockabsätzen und Giovannis Sportsocken aus Italien.

Jada klappte die Kinnlade hinunter. »Diese Socken hat The Style Tiger auch!«

»Das sind ja auch ganz normale Socken, Jada.«

»Aber das ist sooooo Style Tiger! Wie oft schaust du dir eigentlich den Blog an, Coco?«

»Den ganzen Tag«, scherzte ich. Auch wenn das natürlich nicht wirklich ein Scherz war.

Danach habe ich das gelbe Twiggy-Kleid angezogen. Jada fand, ich sollte türkisfarbene Kniestrümpfe dazu tragen. Das war eine gute Idee. Wir sind bereit für das Fest!

Jetzt gehe ich zu Opa essen.

20:30 Zu Hause

Fliege für Bruno gemacht. Aber ich weiß nicht, ob ich mich traue, sie ihm zu geben.

21:00 Im Bett

Vielleicht habe ich mit 50 immer noch niemanden geküsst, man weiß ja nie, wie es kommt. Man denkt zwar vielleicht die ganze Zeit, das wird schon werden, aber was, wenn es das ganz und gar nicht wird? Was, wenn da niemand ist, der denkt: Diese Coco, diese Augen, dieser Mund … dieses Mädel würde ich echt gerne mal küssen? Vielleicht sind meine Lippen auch total unattraktiv. Oder ich rieche nicht gut genug. Oder vielleicht habe ich eine megaabstoßende Zunge.

Mit mir stimmt also etwas nicht, sonst hätte Bruno mich doch schon längst geküsst.

Rolling in the Deep

Montag, 14. Oktober

Noch viermal schlafen bis zum Schulfest!

09:25 Englisch

Die Schule hängt voller Style-Tiger-Poster für das Schulfest. Darauf sind mindestens 20 Fotos von meinem Blog. Das sieht superklasse aus, eigentlich müsste ich mir eins davon mitnehmen und an die Wand über meinem Bett hängen.

Dienstag, 15. Oktober

Dreimal schlafen bis zum Schulfest.

Mittwoch, 16. Oktober

Zweimal schlafen bis zum Schulfest.

Donnerstag, 17. Oktober

Noch einmal schlafen bis zum Schulfest!

12:30 Pause

Nach der Stunde kam Ferry zu meinem Tisch. Über seine Schulter sah ich einen wahnsinnig eifersüchtigen Blick von Amanda. Ich bin ganz sicher, dass sie was von Ferry will.

»Gehen wir morgen tanzen, Coconuts?«, fragte Ferry.

»Na klar! Und küssen!«, rief ich laut.

Ich konnte Amandas Wut auf mich förmlich spüren. Haha.

15:10 Erdkunde

In der Pause mit Jada, Ferry und Siem zum Bäcker gegangen. Ferry kaufte für uns Apfeltaschen. Auf dem Rückweg haben wir ihm Kleidungstipps fürs Schulfest gegeben. Siem und Jada gingen ziemlich schnell und hängten Ferry und mich schließlich ab. Auf einmal nahm Ferry meine Hand, legte seine Hand an meine – wie bei einem High-Five – und sagte: »Du hast wirklich kleine Hände, Coco.«

Danach ließ er meine Hand nicht mehr los.

16:00 Schulklo

Herr Hulleman trägt jetzt seine Haare rappelkurz! So sieht man kein bisschen Farbe mehr. Außerdem hatte er ein blütenweißes Hemd mit einer schwarzen Weste an. Als ich ihn sah, hob ich einen Daumen. Er strahlte übers ganze Gesicht. Haha.

Freitag, 18. Oktober

08:00 In meinem Zimmer

Heute Abend ist Schulfest!

Whhhhhooooaaaa.

17:00 Zu Hause

Nach der Schule wartete Bruno an meinem Fahrrad auf mich. Wir hatten ein sehr spannendes Gespräch …

»Wie geht's?«, fragte Bruno.

»Prima.«

»Sehe ich dich heute Abend?«

»Ja.«

»Wann kommst du?«

»Uuuuh.«

»Mit wem kommst du?«

»Mit Jada.«

Im Kopf führte ich aber ein ganz anderes Gespräch mit ihm.

»Wie geht's?«

»Ziemlich schlecht, denn ich werde ganz nervös bei dem Gedanken an die viele Küsserei heute Abend. Mit dir. Ich frage mich schon den ganzen Tag, ob ich das kann. Du weißt schon, küssen. Und wie du wohl küsst. Wie es anfangen wird. Was du sagen wirst. Und überhaupt, was soll ich anziehen?«

»Sehe ich dich heute Abend?«

»Jaaaaaaa. Natürlich. Ich freue mich schon seit Wochen auf das Fest.«

»Wann kommst du?«

»Das weiß ich noch nicht, weil ich keine Ahnung habe, wie spät man auf ein Schulfest kommen soll. Früh, spät oder pünktlich?«

»Mit wem kommst du?«

»Mit dir. Mit dir. Mit dir. Ich will nur mit dir zum Fest. Auf deinem Gepäckträger an den Grachten entlangfahren. Zusammen reden, zusammen an der Bar trinken, zusammen tanzen. Und küssen, wenn ich mich traue.«

Ich gab ihm einen High-Five. Zumindest versuchte ich es. Aber er nahm stattdessen meine Hand und hielt sie kurz fest. Danach drückte er sie ganz leicht und sagte fröhlich: »Bis nachher, *bella*.«

Danach bin ich im Zickzack nach Hause gefahren. Noch nervöser als vorher!

Vor meiner Haustür sah ich auf einmal, dass auf meinem Sattel ein kleines Herz klebte. Ein roter Herzaufkleber. Bruno hat einen HERZ-AUF-KLE-BER auf meinen Sattel geklebt! Das heißt: KÜSSEN! Auch wenn ich mir überhaupt nicht vorstellen kann, dass wir das heute Abend wirklich machen. Denn wenn das tatsächlich passiert, dann ist das der letzte Tag in meinem Leben, an dem ich noch nie einen Jungen geküsst habe. Und dann ist morgen alles anders.

17:15 In meinem Zimmer

Herzchen auf meinen Spiegel geklebt. Jada holt mich um Viertel nach acht ab. Ich gehe jetzt duschen und gönne meinen Haaren noch eine Kur. Werde auch meine Lippen mit einem Peeling weicher machen und meine Nägel lackieren. Obwohl das ziemlich mühsam wird … mit zitternden Händen.

19:30

Ich sterbe. In einer Stunde stehe ich auf dem Schulfest. Wann wird Bruno wohl kommen? Was sage ich zu ihm, wenn ich ihn sehe? Wie gefallen ihm meine Haare besser: zusammengebunden oder offen?

20:00

Die Fliege für Bruno habe ich in meine Strumpfhose gesteckt. Mir ist übel.

21:30 WC Cinema Paradiso

OMG. Achthundert Schüler haben sich als Style Tiger verkleidet. Kaum zu glauben! Eine ganze Tanzfläche voller rockender Tiger. Sogar die Jungs laufen mit Tigeröhrchen herum. Und mit rosa Herzchenbrillen.

Jada alias Bolly trägt die Haremshose mit meinem Rockshirt und irren Bollywood-Augen. Mit einem dunkelvioletten Eyeliner hat sie ihre Augen ganz dick umrandet. Über ihren Augenbrauen kleben sechs rote Glitzersteine in einer Reihe. Und sie trägt eine Pandabärenmütze, so niedlich! Gerade hat sie zu einem Song von Lady Gaga einen Bauchtanz gemacht. OMG. OMG. OMG.

Die Friseurakademie spielt Modepolizei. Ich habe zwei Sterne bekommen und Jada drei.

Ich leuchte wie ein Glühwürmchen. Tupfe jetzt Klopapier gegen meine Stirn. Hoffentlich hilft das.

Bruno habe ich noch nicht gesehen.

Mehr kann ich nicht schreiben, bei den Toiletten steht eine total lange Schlange und schon jetzt bollert jemand laut an die Tür.

23:30 WC Cinema Paradiso

Angenommen, man küsst jemanden auf dem Schulfest und geht dann kurz aufs Klo. Küsst man ihn dann beim Zurückkommen noch mal? Aber was, wenn er das gar nicht will?

Vielleicht kann ich durch das kleine Fenster über dem Klo flüchten?

Samstag, 19. Oktober

01:00 Zu Hause

Ich bin zu Hause. Mama hat mich sofort ins Bett geschickt, aber ich weiß jetzt schon, dass ich kein Auge zumachen werde. Das Schulfest begann total cool. Es war im Cinema Paradiso, das ist ein italienisches Restaurant vom Vater eines Jungen, der im Festkomitee ist. Heute also keine Tische mit Spaghetti, sondern eine große Tanzfläche! Juchhu!

Jada und ich waren um halb neun da. Das schien uns die beste Zeit. Das Schulfest begann um acht, doch da ist man viel zu früh. Aber wir wollten natürlich auch so lange wie möglich auf dem Fest bleiben, daher schien uns halb neun die beste Zeit. Der DJ legte echt tolle Musik auf. Er stand hinter einem Mischpult auf der Bühne und trug eine Tigermaske. Er bewegte sich auch gut. Nur Bruno war nirgends zu entdecken. Ich habe jede Minute mein Handy gecheckt, aber keine Nachrichten. Auch auf seinem Facebook war es still.

Das Feastgirlz-Kit war als Baby verkleidet, mit einem rosa

Schnuller um den Hals. Sie trug einen hellrosa Pyjama und lief in Crocs herum. Hahaha! Ich kriegte mich nicht mehr ein, auch weil sie ein ziemlich wütendes Gesicht machte.

Um halb elf war Bruno immer noch nicht da. Bestimmt war er zu einem anderen Fest gegangen, mit älteren Mädchen. Vielleicht war er ja auf so einem Schlampenfest vom Hockeyverein. Dort knutschte er bestimmt mit der Topspielerin des Teams rum. Oder er begleitete seine Mutter zu einem Modefest mit lauter gut aussehenden Models. Und bestimmt flirtete er dort schön mit einem Supermodel mit langen blonden Haaren, runden Brüsten und Angelina-Jolie-Kusslippen. Und einem Hintern wie Candice Swanepoel.

Ich habe wie eine Verrückte mit Bolly getanzt. Alles, was in den letzten Wochen passiert war, sauste mir durch den Kopf. Das Coco-der-Clown-Gerede, die blöde Modepolizei, das Interview mit dem *Mode Magazine*, mein Auftritt bei *DWDD*. Und die ganze Zeit hatte ich vor Augen, wie Bruno die Angelina-Jolie-Lippen küsste. Ich musste mir das alles aus dem Kopf tanzen.

Lily Allen sang »Fuck You« und ich sang aus voller Kehle mit. Ich spürte, wie das Päckchen mit der Fliege aus meiner Strumpfhose rutschte. Brunos Arme lagen jetzt sicher schon um der Taille des Models und er drückte seine Nase an ihre Brüste. Geh weg! Vorsichtig zog ich das Päckchen mit der Fliege heraus. Hinter meinem Rücken riss ich das Papier ab und ließ es zu Boden fallen. Jada, Ferry, Siem und Lieve aus meiner Klasse tanzten gemeinsam in einem Kreis und sangen lauthals mit. Ich stampfte wild auf dem Papier herum und band mir dann die Fliege um den Hals. Was für ein cooles Lied. Der perfekte Song, um sich den Kopf dazu leer zu schreien. Plötzlich hatte ich das Gefühl, ich könnte richtig gut tanzen. Ich schwenkte meine Haare wild herum und Ferry fing an zu headbangen.

Danach kam »Rolling in the Deep« von Adele. Mein absolutes Lieblingslied. Natürlich sang ich sofort mit. Auf einmal legte Ferry seine Arme um mich. Die kleinen Spiegel der Discokugel brachten den ganzen Raum zum Glitzern. Jada kuschelte sich an Siem. Er nahm ihre Pandamütze und setzte sie sich auf den Kopf. Ich legte mein Kinn an Ferrys Schulter, schloss die Augen und dachte an Bruno.

Das hätte der schönste Abend meines Lebens werden können. Zusammen mit Bruno. Aber Bruno hielt mich wahrscheinlich nur für ein liebes Mädchen aus der Siebten. Ein Mädchen, dem er ein wenig helfen wollte. Aber ich bin kein Straßenkätzchen! Plötzlich fühlte ich mich so dumm, weil ich extra für ihn eine Fliege genäht hatte. Als würde er ausgerechnet auf mich warten. Er wollte bestimmt lieber ein Mädchen in seinem Alter küssen!

Langsam schaute ich wieder zu Ferry hoch und pikste mit dem Finger gegen seine Brust. Uff, was für Muskeln!

Ich löste meine Fliege und legte sie ihm um. Tschüss, Bruno. Rutsch mir doch den Buckel runter mit deinem gut aussehenden Model.

Ferry lächelte mich an. Er hat Grübchen in den Wangen,

wenn er lacht, das war mir bislang noch gar nicht aufgefallen. Damit sieht er total süß aus!

»Hast du mein Herzchen gefunden?«

Das Herz auf dem Sattel war also von Ferry!

»H-hab ich …«, stammelte ich.

»Du bist echt witzig, Coconuts«, flüsterte Ferry.

Er ist einfach wahnsinnig lieb. Genau das brauchte ich jetzt.

Ich schloss die Augen und lauschte Adeles Stimme. Eigentlich ist Ferry auch viel netter als Bruno, dachte ich. Plötzlich spürte ich einen Kuss.

In meinem Kopf drehte sich alles. Ferry und ich küssten uns! Einfach so aus dem Nichts heraus. Ich habe keine Ahnung, wie der Kuss anfing. Auf einmal drückte er seine Lippen auf meinen Mund. Offenbar gibt es so etwas wie einen Kussreflex, denn ohne nachzudenken, küsste ich ihn zurück. Meine Hände wühlten ganz von selbst durch seine Haare. Ich spürte seine Zunge. Und meine Lippen glitten an seinem Mund entlang. In meinem Bauch flatterten Tausende Schmetterlinge herum. Meine Gedanken waren wie betäubt. Ich küsste gerade Ferry! Es fühlte sich tatsächlich ein wenig so an, als würde man an einem Eis lecken. Ein zartes Sahneeis. Mit Kaugummi- und Pfefferminzgeschmack. Wir küssten uns immer länger. Meine Beine wurden schon ganz schlaff. Ich spürte seine Hände, die über meinen Rücken streichelten.

Leise sang Ferry die letzten Worte mit. Danach schaute er mich mit einem breiten Grinsen an. »Ich habe dir doch gesagt, ich würde auf dem Schulfest jemanden küssen.«

Ich lachte.

»In dem Moment, als ich dich in deinem rosa Kleid sah, wusste ich, dass wir uns küssen würden.«

»Ich auch«, sagte ich nur. Ich fand ihn auf jeden Fall schlagartig gut aussehend. Über Ferrys Schulter schaute ich zum DJ und erstarrte. Er hatte seine Maske abgesetzt und sah direkt zu uns herüber. Erst winkte er, dann lief er weg. Es war Bruno.

Shit.

Er war also doch den ganzen Abend da gewesen. Wahrscheinlich schon vor mir. Und er hatte mein Lieblingslied gespielt.

Shit.

Und ich habe vor seiner Nase Ferry geküsst.

Shit!

Danach rannte ich sofort zu den Toiletten. Jada kam direkt hinter mir her. Sie war total überdreht.

»Wie war es?«, rief sie laut.

Das Herz klopfte mir bis zu Hals.

»Wie hat es sich angefühlt?«

Meine Arme zitterten.

»Ging es gut?«

Mir wurde übel.

»War es schwierig?«

Panik. Panik. Panik.

»Wie habt ihr angefangen?«

»Sorry, Jada, ich muss echt pinkeln«, sagte ich schnell.

Zurück vom Klo bin ich sofort mit Jada rausgelaufen. Sie sah, dass ich rote Augen hatte, also habe ich ihr alles von Bruno erzählt.

Erst rief Jada Sachen wie »Nein, shit, nein, das ist nicht wahr!«

Danach machte sie ein ganz ernstes Gesicht. »Bei den Redaktionssitzungen hat Bruno mich schon mal Sachen über dich gefragt.«

»Was für Sachen?«, fragte ich.

»Na ja, was wir am Wochenende gemacht haben und wie dein Zimmer aussieht.« Jada runzelte die Augenbrauen. »Letzte Woche wollte er von mir wissen, ob ich schon jemanden im Auge hätte für das Schulfest, und danach fragte er, ob du vorhast, jemanden zu küssen.«

»Warum hast du mir das nicht erzählt?«, stammelte ich.

»Dir gefiel doch Ferry, oder nicht?«

»Ich habe nur gesagt, dass er gut aussieht.«

»Und warum hast du ihn dann geküsst?«, fragte Jada.

Ich spürte einen Stich in der Magengegend. Warum. Warum. Warum.

»Pssst!«, zischte Jada plötzlich und machte eine Kopfbewegung in Richtung Eingang.

Bruno stand in seiner Jacke auf dem Bürgersteig und kam auf uns zu.

»Ich hole mal unsere Jacken«, sagte Jada und sauste los.

Mir lief es kalt den Rücken runter. Jada blieb hinter dem Fenster neben der Tür stehen und hob beide Daumen.

Bruno riss eine Dose Cola auf. »Mann, das tut gut hier draußen. Mir ist irre heiß. Willst du auch einen Schluck?«

Ich schüttelte nur den Kopf und musterte Brunos Gesicht.

Keine vor Wut hochgezogenen Augenbrauen. Keine Beschimpfungen. Und auch kein Fluchen. Also war es doch richtig gewesen, dass ich Ferry geküsst habe. Bruno interessiert es nicht die Bohne, was ich so treibe. Ich könnte genauso gut die ganze Tanzfläche abknutschen. Er findet mich überhaupt nicht toll.

Bruno rieb sich die Augen. »Meine Augen brennen total.«

»Meine auch.« Ich hatte natürlich vom Weinen so rote Augen. Aber es ging Bruno nichts an, dass ich geheult hatte, und schon gar nicht, weshalb. Motorroller sausten vorbei, betrunkene Studenten wankten über den Bürgersteig und ein Junge und ein Mädchen stürzten kichernd aus einer Kneipe. Vor unserer Nase fingen sie an, sich zu küssen. Ich fühlte mich total beschissen.

»Haben eigentlich alle getanzt? Man sieht echt null mit so einer Maske auf dem Kopf.«

Mein Herz setzte einen Schlag aus.

»Ich hatte mich schon so darauf gefreut, dir den ganzen Abend beim Tanzen zuzuschauen.«

»Du hast mich nicht tanzen sehen?« Mir fiel die Kinnlade runter. Ich nahm die Coladose, trank einen großen Schluck und spülte mir den Mund aus.

»Na, da hat aber jemand Durst«, sagte Bruno.

Sofort nahm ich noch einen Schluck. Weg mit Ferry!

Bruno nahm mir die leere Dose aus der Hand und warf sie in einen Mülleimer. Dann legte er seine Hände auf meine Schultern.

Meine Beine schienen sich in Luft aufzulösen. Es war, als würde ich schweben!

»Mein lieber kleiner Modeclown, ich bin so was von verliebt in dich.« Bruno zog mich ganz dicht an sich, drückte seine Lippen fest auf meinen Mund und gab mir einen langen Kuss. Danach haben wir noch mächtig weitergeküsst.

01:50

Mit Jada über WhatsApp geschrieben.

Coco, du weißt, dass du 2 Jungs geküsst hast, oder?

Ja.

Okay.

Nicht, dass es schlimm wäre oder so.

Okay.

Wer kann besser küssen?

Shit. Shit. Shit.

02:00

Bruno eine Nachricht geschrieben. Nachricht zehn Mal gelöscht und wieder neu getippt, schließlich habe ich ihm nur ein »Schlaf gut« geschickt. Ich muss etwas von ihm hören.

08.30 Im Bett

Die ganze Nacht wach gelegen. Mein Kuss mit Bruno lief immer wieder in meinem Kopf ab. Ich wollte mich an jede Sekunde erinnern. Und noch mal erleben. Ich stellte mir vor, dass er morgen vor unserer Haustür steht. Dass er mich wieder so wie gestern festhält und wir uns den ganzen Tag in meinem Zimmer küssen. Dass er meine Haare durchwühlt und mir immer und immer wieder sagt, dass er total in mich verliebt ist … Mein Bauch füllte sich unablässig mit Schmetterlingen. Und gleich danach geriet ich in Panik. Was, wenn einer seiner Freunde gesehen hatte, wie ich mit Ferry herumknutschte? Was, wenn jemand auf Facebook etwas dazu gesagt hatte?

08:45

Immer noch keine Reaktion von Bruno.

09:00

Dieser Kuss mit Ferry bedeutete nichts! Außer, dass es sehr witzig war. Ich habe auch nur so halb mitgemacht. Aber das weiß Bruno nicht.

09:00

Keine Nachricht.

09:30

Noch keine Nachricht.

10:00

Noch immer keine Nachricht.

10:30

Keine einzige Nachricht.

13:00 Wieder im Bett

Meine Mutter hatte ein üppiges Frühstück mit Rühreiern, Baguette und frisch gepresstem Saft gemacht. Putzmunter saß sie am Frühstückstisch; ich glaube, sie hatte schon ein paar Stunden auf mich gewartet. Ich setzte mich im Bademantel dazu. Heute war ganz klar ein knallrosa Kästchen in ihrem Kalender für mich reserviert. Sie wollte alles über das Schulfest wissen.

»Wie war das Fest?«, fragte sie mit einem ganz breiten Lächeln.

»Nett.«

»Waren alle schön anzogen?«

»Ja.«

»Spielten sie gute Musik?«

»Ja.«

»Hast du viel getanzt?«

»Ja.«

»Waren auch nette Jungs dabei?«

»Nein!« Hallooo?! Als würde ich meiner Mutter erzählen, dass ich zwei Jungs geküsst habe.

Ich bekam keinen Bissen runter. Nach fünf Minuten Kauen schaffte ich es, ein kleines Stück Ei zu schlucken.

Werde den ganzen Tag schlafen.

13:30

Eine WhatsApp.

OMG!

Ich sterbe.

13:40

Good morning, Coconuts! Wie geht's dir denn heute? Gut geschlafen? ☺
Hast du schon Pläne für heute Abend?
Lust auf Kino? XXXX Ferry.

Genau die Nachricht, die ich so gern von Bruno bekommen möchte.

15:10

Eine E-Mail bekommen.

Hey Coco der Style Tiger,

ich weiß, wer du bist.
Ich verspreche dir, dein Geheimnis zu wahren, ich werde es niemandem erzählen. Du bist sehr hübsch.

Grüße,
Jemand

OMG. Wer ist das???

15:20

Ferry?

Jada? Vielleicht hat sie doch noch Style-Tiger-Spuren in meinem Zimmer gefunden. Schließlich hatte sie auch Giovannis Socken erkannt.

Amanda und die Friseurakademie? Die spionieren meinen Blog doch so richtig aus.

Matthijs van Nieuwkerk? Womöglich kennt er den Moderator von so einer Aufspürsendung.

Alicia? Wenn es jemand wissen kann, dann sie. Ihr halber Laden ist auf meinem Blog. Aber warum hat sie dann nicht früher danach gefragt?

Mama? Sie weiß zwar, wie sehr ich Mode liebe, aber es ist schon sehr peinlich, so eine anonyme Mail von seiner Mutter zu bekommen.

Oder vielleicht Bruno?

16:00 Küche

Nachricht von Bruno.

Nachricht von Bruno.

Nachricht von Bruno.

Die werde ich ganz sicher nicht lesen. Bestimmt hat er mit Ferry gesprochen. Oder auf Facebook ist ein Kussfoto von mir und Ferry. Die Kusspolizei hat mich bestimmt erwischt.

16:10

Okaaaay.

> Lieber kleiner Modeclown! Bin zufällig heute Mittag deinem Fahrrad begegnet. ☺ XXX

Hä?

16:20 Wohnzimmer

An meinem Fahrradlenker steckt eine Clown-Klingel! Das ist die allerschönste Clown-Klingel der ganzen Welt!!!

Waaaaah. Meine ersten acht Wochen in der neuen Schule sind vorbei. Ich bin wahrhaftig eine Stilikone – auch wenn das niemand weiß. Wenn mich die Feastgirlz wieder »Coco der Clown« nennen, lache ich sie in Zukunft einfach lauthals aus. Mein erster Kuss war kein totaler Fail. Mein zweiter auch nicht. Auf jeden Fall bin ich ein liebenswerter Clown, den man gerne küsst. Und ich habe Jada, die allertollste Freundin der Welt!

Das ist schon etwas Besonderes. Ich darf gar nicht daran denken, wie es wäre, ohne Freundin in der Schule herumzulaufen. Zum Glück haben wir jetzt Herbstferien. Amsterdam Fashion Week, *here I come!* Ich habe schon vier Einladungen bekommen. Ein paar PR-Büros haben gefragt, ob ich mir neue Kollektionen anschauen möchte. Bruno mailte, ob ich mit ihm zum Eröffnungsfest der Fashion Week gehe. Er hat die Einladung von seiner Mutter bekommen. Woooooow. Wer weiß, vielleicht habe ich nach den Ferien schon dreimal geküsst?

Oder viermal.

Oder fünfmal.

Oder, wer weiß, fünfhundertmal!

100% Coco beruht ein klein wenig auf einer wahren Geschichte ...

© Renée Bounin

Auch ich fand es eine gute Idee, mich an meinem ersten Tag an der neuen Schule auffällig anzuziehen. Genau wie Coco. Inspiriert von der Biene Maja betrat ich an diesem Tag den Schulhof in einer gelb-schwarz gestreiften Haremshose, einem gelb-schwarz gestreiften Poloshirt, einem schwarzen Westchen, violetten Turnschuhen und in den Haaren ein dickes gelbes Band. Ich erschrak fast zu Tode, als ich sah, dass es nur Mädchen in Jeans, NAF-NAF-Shirts und allesamt denselben All Stars gab.

Auch meine Englischlehrerin hatte einen Holzklotz, den sie gern auf den Tisch donnerte.

Während meiner ersten Englischstunde musste auch ich aufstehen, worauf diese Lehrerin fröhlich lachend rief: »Schaut doch mal, wir haben einen kleinen Klassenclown!«

Und ja, auch ich rannte in die Stadt, um ganz fix normale Klamotten zu kaufen. Zum Glück zog ich nach ein paar Monaten doch auch wieder meine eigenen Sachen an.

Don't be boring!

With Love
niki ♡